吳鈞堯

重慶南路一段
Chong Qing S. Rd. Sec.1
37
15
30

〔推薦序〕

文藝碼頭觀潮記

唐捐

I

散文之美，雖在辭采神韻，亦在於能負載情感、觀念與歷史。議論說理的時候，人的性情與經歷可以隱沒不彰；一旦敘述起來，必然充滿強烈的「自傳性」。敏於訴說「我」身邊的人事物，甚至不惜抖出若干有意味的祕密，這種散文最好看了。

重慶南路人文薈萃，儼如玉帶，繫著多少淵雅風流。吳鈞堯有幸在此盤桓十七年，看盡盛衰流變。太過日常的題材並不好寫，若無姿采，即成流水帳。鈞堯偏偏擁有一雙火眼金睛，常能窺破事理人情，點出幽微的內蘊。因此，本書雖以直筆鋪陳的筆路為主，若干篇章卻令人流連再三，彷彿具有象徵的意味。

就空間而言，鈞堯寫的是以幼獅文藝為中心的老城區，包含中山堂、總統府、新公園、明星咖啡館，以及重慶南路、開封街、沅陵街等等。就時間而言，則串起了猶是手工為主的九〇年代、數位化衝擊的世紀初、宛如新朝的當代。前者為顯層，後者為隱層，合力烘托人物的動向。

文藝是雅事，然而使文藝運作起來的機制卻是世俗之力。鈞堯仙凡兼修，不避雅俗，把雲端的土底的都寫出來，涵容的幅度特大。幼獅文藝做為一個文藝碼頭，各路訪客頗多，〈有人找我〉即是專寫在公司裡被「外找」的經驗。訪客總是帶來故事，有些見溫情，有時露機心；值得注意是，當鈞堯開啟諷諭模式時，常是主客兼及的。換句話說，他不只寫別人不堪的一面，有時也寫自己的。

這篇長文寫到各路人馬（包含舊日同學、同袍、同鄉，以及年輕作者、文界名人等等），性質各異（如以舊模式來講，他們不會出現在同一「列傳」），只因同為「訪客」而被串連起來。由此看來，鈞堯的筆路顯得有些紛然雜遝，輕重不等，但卻奇怪地擁有意想不到的收納力與趣味性。

比方說文章後半寫到詩人「汪」以及某寫作協會，就說了不少有趣的八卦。林燿德活躍於文壇時，常常指明權力、知識與審美在文學活動中交疊互滲的道理。鈞堯藉由描寫汪詩人的營求與起落，巧妙映照出周遭與時代，將上述道理生動地演示出來。「我不知道汪的本事、人脈，都是一種潛地形，一旦需要了，手反轉，江山兀改。」沒有評論，他只是敘述，用各式各樣彷彿從工具箱裡翻出來的短句，輕敲微轉，意思也就豁然了。

2

古早有種東西叫走馬燈，依賴燭火熱氣的推動，周邊畫面，流轉不休。鈞堯極善於書寫人生的流轉，不只靜觀其變，又能入乎其中，好像他就是那隻冒著熱氣的火燭。我讀〈漂流地址〉，便萌生了以上的感慨。

這又是一篇紛然雜遝的長文，街道如河流，而人就是漂流木了。前面的比喻常見，後面的連結與開展則需要巧思。鈞堯引述楊藝術家的話，「理想的漂流木，得有兩個質地，一是時間，二是傷痕。」然後筆勢一轉，開始玩賞起自己周邊的漂流木。就章法布置而言，這裡似有一主二從，騎單車在重慶南路上穿梭發送傳單的「歌劇男神」是主，周夢蝶與葛香亭兩位藝文前輩是從（雖然就人物分量而言，情勢應當反過來）。經他一路寫下來，本來就傳奇的人物固然生出了鮮活的細節，本來無關緊要的小人物竟也展示著傳奇的力量。

眼睛如鑿如錘如鋸子，可以讀出木頭內涵的意義。

漂流木百樣千種，而巧匠並不常有。

我猜想漂流木藝術並不以精雕細琢為貴，而在於隨機以應變，因物而賦形。在〈她在這裡〉一文，開頭即說：「街道若是太乾淨，雖健康疏朗，卻沒有生命力了。」這是街道學，也是文章觀。於是，此文雖從訪日經驗談起，焦點卻在公司樓下一奇怪而平凡的女子

——只因吳主編偶然跟她買了兩條口香糖，她便成了隱藏版的「熟人」，熟知主編年少以來的細節與糗事。在有些驚愕、有些懊惱的情境下，作者起先以為她或許是某個階段的舊識，然而稍加辨認，又覺得彷彿是虛幻。「我想，就當作她是，自己不小心遺忘的朋友。」這當中自有一種通達與體貼，今昔相疊合，迷離認作真；應世、待人、作文都恰如看待街道，不必過度潔淨。

鈞堯善雜談，從街道的摺疊可以講到肉雞的摺疊，從買不起的胎毛筆也就想起三十歲以前帶點苦澀的職場經驗與家計。從公園號酸梅湯談到任職十七年的心情，從明星咖啡館聊到作家之仙、俠、貴與土。然而一以貫之的，是他對時間，對曾經繁盛而行將衰頹的人事物的眷戀。因此，本書雖少內心的直陳，而多景象與情節之描摹，總體讀來仍然富於抒情味。

所謂抒情，或即是以語字將過去放大為兩倍以上也。更厲害的是，擁有「身在這裡而預先跳到未來去追憶」的那種超能力，如同木心說的：「還沒分別，已在心裡寫信。」鈞堯是不是這樣呢？在旁人

「只道是尋常」的當時，他已有了細細回味的自覺。

3

鈞堯與我誼屬同輩，據說早在一九九〇年，我們便相遭遇於中山大學之某室。往後數年，雖分途發展，仍擁有共同的世代記憶。至於相知深交，差不多要到他任職於幼獅以後了。鈞堯為人坦誠，見多識廣，幽默而不失體貼。我的性格則像是作弊專用的骰子，又深居簡出。好在文友往來，有時不限於當下；通過閱讀，我也稍識他十二歲以前的金門歲月，以後在三重在台北的成長歷程。

因而我深知，這本散文集體現了他做為全方位寫作者的能耐。所寫的雖集中於「重慶南路時期」，但常純熟地召喚人生各階段的經驗，融入眼前的風景。例如〈你也來了〉寫自己與總統府的因緣，筆端一轉，便帶入軍旅同僚許兵的故事。此外，便是將表現與批評合為一手，在敘述中帶著他對世界的觀想。有些時候，精準地訴說一些人事物，使美好的記憶得以保存下來，這本身就是一種護衛了。因而我所謂批評，不是去說現況的壞話，而是藉由為地方的文化精神照相，自然表述個人的、時代的、世代的價值。

金石堂與現代詩，開封街的傳統相機，沅陵街的鞋店，老書店，劉銘傳傳奇。

中年人多牢騷，我們不怯於訴說「看過」與「想著」的點點滴滴；但也還在揣度或試驗怎樣訴說，才能像是公園號酸梅湯一樣，精煮慢熬，帶著令人連戀的好滋味。雖然說來像是廢話，但鈞堯熟稔地將小說技術運用在場景布置與人物描摹上，卻是一大利處。這種「不動聲色」的寫法，還可聯結到他招牌般的短句。在鈞堯文章裡，逗點、句點的密度之高，應可名列前茅。這是風格的選擇，也是語言修為。名物繁，動作多，少用形容詞和副詞，句式自然趨於精悍。

天地終將過去，況乎街道周邊的潮汐。中年人多牢騷，但亦多體悟。與前述風格相搭配的，常是一種篤定的語氣。走過雅意猶存、俗風漸長的街市與時代，我特別欣賞鈞堯的無怨與自在，雖然他更看透人生的虛實輕重。寫胎毛筆的一章，結語如斯：「我來與回，行囊如一，帶著孩子的一撮胎毛。」初為人父的心思盡在其中，同時埋伏著三十歲的甘苦。然則此書固然具有深厚的時代感，在根本意義上，則是個人的心影錄吧。

（本文作者為詩人、散文家，台灣大學中文系教授）

〔自序〕

第三個童年

「童年」的定義多，我的主觀判別是，它曾否魂牽夢繫入夢來。夢見一個人、一件事，不是自己願意、祈禱了，它就會來，在佛洛伊德、佛洛姆等精神分析專家眼中，夢得以具體看待，但抽象、無形，多經過變種。它來自生活又常超越自我。神話學大師韋伯則說了，故鄉是人首先發現人性的地方，我驗證自己的三個童年——金門、高雄中山大學，以及十七年《幼獅文藝》主編——常想它們帶領我發現什麼，我如何給予回饋，終使夢或童年的往返，不是空白，至少標示或註記了。

三個童年的一個共同點是消逝，不再回來。但我記得老宅三合院各個時期的模樣，防空洞挨著房子以及被拆毀後；木麻黃不分四季，枝椏向陽、向海，它聽聞的海濤與麻雀啁啾，重回我夢裡，在它被砍伐了以後；而西子灣夕陽、柴山橫雲、文管長廊，以及宿舍外邊，一顆因颱風而滾落的石頭漸漸長出青苔。一個石頭，當它在土裡或地上，也形成兩種語言。

二〇一六年五月我離開《幼獅文藝》崗位，多次夢見催稿、趕稿，兼著處理行政、書寫企劃並辦理活動。我在幼獅公司會議室面對一整排雜誌，與它們告別。我內心激盪，它們回以沉默，且記得我的沉默，因而入夢了。我醒來、又醒來，這才知道植基十七年，說離去其實並未離開，它們繼續牽扯，而我願意當一隻蛾，被更多的夢捕獲。

黑白片，失去記錄意義，只是片段與片段，在我腦海拋高跌碎，醒來，「哦，原來我的記憶這麼纏綿……」

關於纏綿、時間，日子一天天、數饅頭地，被經過被吃完，它們因為日常而顯得太過日常。數數完畢，我離去，這才感受日子如潮、時間似汐，它們一丁點一丁點吃掉我，而我，一丁點一丁點吐回去，用我的文字記錄十七年。這也彷彿十七歲，一款青春，躑躅門前，勇敢作夢和追夢。這一路的張望，我與許多人以文學認識、結緣，至於後來的日子，就留給後來去說，我一本編輯初衷，認識與不認識的、再聯繫與未聯繫的，都文學久久。

唐捐是認識多年好友，他是學者、詩人、散文家，這篇精湛的序讓我眼睛發熱、腦袋發麻，我私訊，「本書內文二十四，自序一、他序一，攏總二十六，你這篇最精彩。」《重慶潮汐》以幼獅公司為原點、半徑五百公尺做書寫版圖，鄰近的街道走過、生活過，畢竟無法留痕，正如唐捐的序名〈文藝碼頭觀潮記〉。簡媜、林文義等，敬仰的前輩捎來祝福，說是不知不覺間，我也滄桑了。一九九九年五月我到職，結束奶爸生活，十餘年後，孩子將升大三，我接觸的青年作者成了教授、作家、政治明星，我慶幸記得他們出發的樣子，也因此知曉，滄桑有它的正向輪廓。

周昭翡總編、尹蓓芳主編為本書盡力甚多，錯字、重複語一一撿出，讓集作者、編輯於一身的我，雙倍羞愧。卸下編輯崗位，交付瘂弦老師通訊給繼任者，我竟沒再聯繫，他多次從加拿大寫信鼓勵，讓編輯《幼獅文藝》這事，成為承繼，希望現任主編馬翊航延續，接收太平洋外的潮聲。內文多次提到前主編陳祖彥，她的引薦讓我的十七年，成為一棵樹。世安基金會廖龍星先生、廖美蘭女士，徐元智先生紀念基金會等，以及在評議上，給予我、以及雜誌奧援的文化部、北市文化局、台南國家文學館等；我又怎能忘了一九九九年五月，我剛到職，與我合作、辦理世界華文成長小說獎的陳學聖立委辦公室；私人出資的「明日之星」園地，則是我跟詩人方明、新星高中生，難忘的文字栽。

懊惱沒有日記習慣，無法盡數感動，離職不算慌忙，但無法著一信，與作者、讀者一一道別，而今成為一本書，編輯檯成為彈珠檯，東向、西拐，都是我與重慶南路。

岳母以往偶帶孩子找我，三歲大的孩子眼巴巴看向櫃台，總機小姐曾給他糖，櫃台成了糖果的餵養基地。他看得專注，我都忍不住笑了，私謀不如藏些糖果在櫃台後，孩子每次來每回給。

孩子長大、上學了，岳母不再帶他來公司找我。不過，他記得櫃台與幾位溫柔漂亮的大姊姊，他如果夢過此處，會以為那邊有糖。

這個有糖的地方，周夢蝶曾與我老少呆望，也是接、送訪客的起訖，有一天我離開了，只是我常回來，一切彷彿如昔，上樓下樓，都是海。

目次

重慶南路周邊散步地圖 *

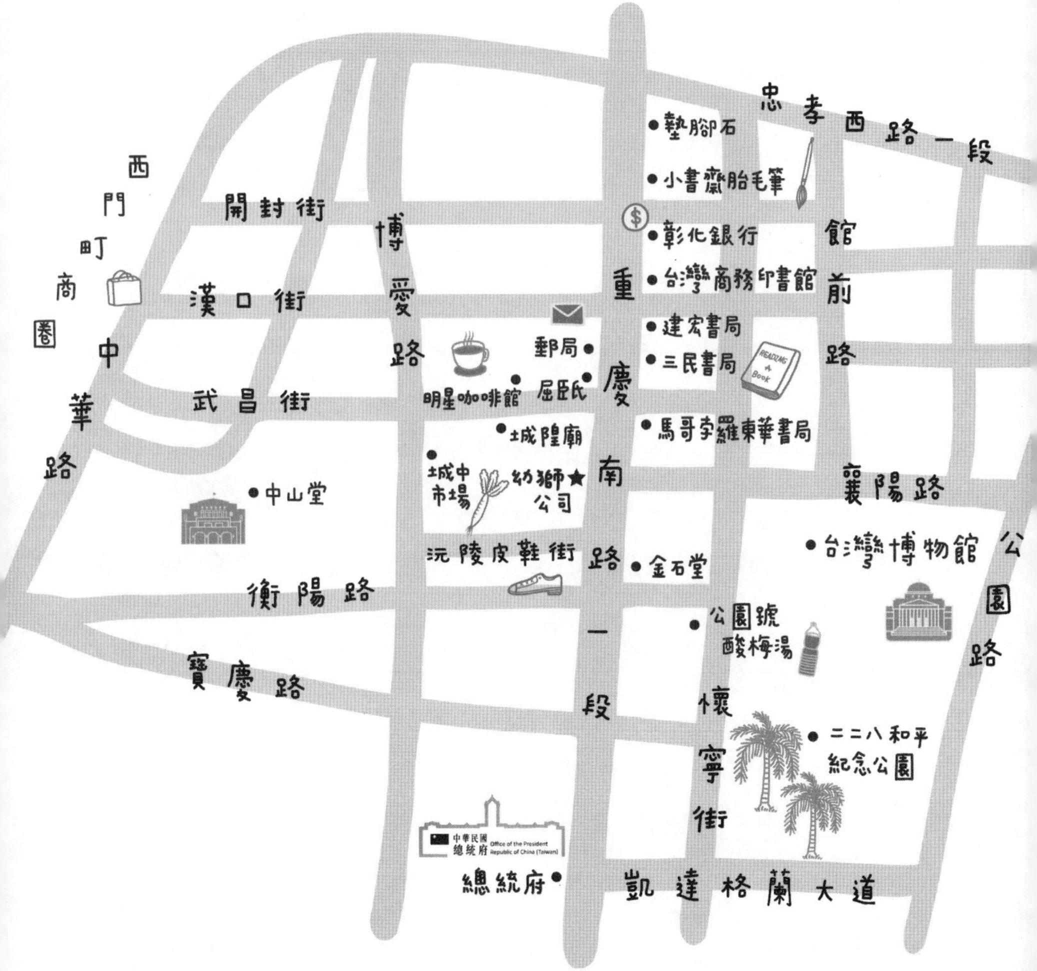
忠孝西路一段
墊腳石
小書齋胎毛筆
彰化銀行
台灣商務印書館
建宏書局
三民書局
READING A Book
馬哥孛羅東華書局
館前路
西門町商圈
開封街
漢口街
武昌街
中華路
博愛路
重慶南路一段
郵局
屈臣氏
明星咖啡館
城隍廟
城中市場
幼獅公司
中山堂
沅陵皮鞋街
衡陽路
寶慶路
金石堂
襄陽路
台灣博物館
公園路
公園號酸梅湯
懷寧街
二二八和平紀念公園
中華民國 總統府 Office of the President Republic of China (Taiwan)
總統府
凱達格蘭大道

*重慶南路，有潮汐、有型態的變異，它們在匆匆數年間發生好幾回變動。書店街的地標，包括商務印書館、建宏書局、馬哥孛羅東華門市、金石堂，如今也已成回憶中的舊址。

商旅
世界書局
林熹英文5F
天瓏資訊
HOTEL B7
臺灣企銀
KOLIN
Yamazaki
Life Store
重慶潮汐

兩個重慶

我在台北市重慶南路，接待過幾位重慶朋友。有作家、出版社老總與教授。

他們或直接上樓，或我事前接了電話，在樓下候著。兩種方式，我都緊張，把能招待來賓的地點、方式，在腦海細細揣摩。「你們等著哪，不好意思。」最慣常讓來客等著，我穿越重慶南路到對街購買咖啡或茶飲。

人多，尋常咖啡廳沒有完整圓桌；人少、甚至單獨來訪的，也希望安靜地說，會客地點多在放置出版品與雜誌的會議室了。有時候招呼不來，我會請總機人員幫忙。她們見多來賓，端茶盤、洗杯子，已是生活日常，是可以依賴的後盾。

我拎著簡單的飲品上樓時，來客眼神乍然一亮，彷彿我跋涉千山萬水，終得濁酒兩罈，我不好意思說「多吃一點、多喝一點」，只能問還對口味嗎？來客喝得慎重，把眼珠子喝得閉起來，有的還微微上揚，品酒一般讚揚，只差沒有把杯子重重一攤，大聲說「好」。

來客多不知道我工作所在的路名，正是「重慶南路」，經我一說，忍不住梭巡門牌，「呀，真的是。」彷彿江湖踏久了，已不知遠方映哪一座山、眼前流哪一條河，下榻孤漠的野店，飯食黃昏間，聽見鄰桌鄉音熟悉，禁不住回頭探看。有人走出騎樓，仰頭打量，千里外的重慶市與重慶南路，可像孿生的兄弟？

不像的。但也不能說不像。

一個名字，確實就是一聲呼喚，我們喊著重慶，心頭映有重慶的人，一律都會回頭。「哎、哎，早上重慶出發，傍晚則到了重慶。」很遠很遠的，常可以近近地想了起來。這是命名的魔力。

如果經過重慶南路時，是徒步的，且留心每一條相會的街，就會不停回頭，武昌、沅陵、開封、漢口……像個魔術，讓人很快逛完一小圈中國。有人說了，「台灣同胞念念不忘故土，同胞愛正該如此。」

我不好意思點破他的浪漫。多數不解台北街衢命名的人，也以固守台灣、心懷祖國，來解釋這些街名。

重慶南路在清代稱「府前街」，日據時代稱「本町通」，抗日勝利同年十一月十七日，國民政府頒布《台灣省各縣市街道名稱改正辦法》，把紀念日本人物、宣揚日本國威的街道，都轉了個向。要更名的街道何其多啊。直到一九四七年，才紛紛為失去名字的道路安了身分。

鄭定邦是上海來的建築師，受命為台北市的街道命名，直接複製上海街道命名的方式。一八六二年，英美租界合併成公共租借，街道得改名。英、美、法等，沒有人願意失去自己的街名，一條街，成了殖民帝國角力的場域。英國領事麥華陀想出了大家各自退一步、又毫不吃虧的方式，訂了《上海馬路命名備忘錄》，以中國地名、城市命名。

我好奇鄭定邦是純粹省事，故在台北複製了上海，還是初履台北，鄉愁湧動，以街名想念他到不了的街道？一九四九年國民政府敗守台灣，住在大陸省分與城市街名交織的城市，是否走進了更深的困局？

還好，這個局已經換了。那個走了幾乎半世紀的局。

「我到過重慶的喲。」我跟訪客說。二〇〇六年夏初，我在台北想著我的重慶城。那做為抗日基地，住著不屈不撓中國人的重慶城。它當然不是紀錄片裡的重慶了，不再有空襲、壕溝、死亡與淚水，也幸好不再有了。重慶依山而建，樓得夠高才設有電梯，於是有了專司扛重物的挑夫，幫忙婦女把菜扛上樓。久已不見重慶訪客，不知道這個行當可還存在否？

當年，挑夫三、五人，挨著街頭，或蹲或倚靠路邊的欄杆，叼著菸聊天，頗有魏晉氣象，但一有活兒上門，又俐落輕巧。他們著黑色功夫鞋，襯衫撩開，都長得清瘦。

最大的驚奇是在重慶與台灣同胞「相認」。訪問團的接待者多台灣同胞聯誼會成員，一見面，就興沖沖說，他們的老家在台中、高雄或台南，他們前年、去年或十年前，曾回過台灣。他們是台灣第二代或第三代，父長不滿日本帝國統治，離開台灣，遠赴大陸，沒料到就此別離家園。有位吳姓女士，祖父於日據時代到大陸行醫，台灣光復後，祖父母返歸舊籍，父親卻留在重慶。她說重慶市台灣人少，要吃年糕、粽子，都得自己來。

我有一種錯覺，覺得我是一陣風、或者一種訊息，當他們靠近了我，也就汲取了他們要的部分。比如說口音、或我衣物上還沾著的台北灰塵。有次到南非，我從牛皮紙袋取出禮物交給華僑，問趙姓女主人紙袋該扔在哪裡？她接了過去，謹慎壓平輕微的皺褶，鄭重收起來。當時我才懂得唐朝王維詩，「寒梅著花未」的愁心與揪心。

我在重慶盤桓四天後，乘遊輪下長江。出發前透過安排，與發明鴛鴦火鍋料理的何女士，於紅崖洞餐聚。餐廳位置高，本可眺望一江好水，那年正逢乾旱，長江面色飢黃，匯流的嘉陵江，反倒清冽盛大。何女士說她會在餐廳，目送我們一行人離去，當船遠離渡口，我頻回頭，似乎真見著了一名女士，站立窗後。

那不是一段聲音可以穿透的距離。那也不是揮舞著手即能傳達離情的距離。但我滿足地盛著另一款重慶，沒有悲傷，但也不是不悲傷。

到台北市重慶南路訪我的大陸朋友，無論來自重慶、深圳或北京都一樣，每一位都滿滿滿的行程。我好奇借來行程一覽，如果行程是水、旅遊天數是岸，他們擠得滿滿的，就算是長江，也該氾濫了。但不會滿的，再怎麼滿，滿不過二十四小時，所以他們匆匆來，只為一見。

我送他們下樓。時間許可時，常取櫃台後頭的公司名號為背景，合影幾張。您站中央，不、不，該是您……然後是總機小姐的微笑，讓一切位置靜止下來了。

我們回到重慶南路街頭。我總是陪著走好一段路才走，他們也總是揚手要我別送。回頭見我又跟，「別送、別送，改天上重慶找我。」

我止住腳步，看他們走往「武昌」、「開封」與「漢口」，也把他們，種在我的重慶南路上了。

點潮汐

重慶南路，清代稱「府前街」，日人稱「本町通」。它的殊勝處是中央行政機構林立，總統府與我曾經服務的幼獅公司距離不過兩百米，其他如法務部、最高行政法院、司法院等，都是一級單位。我在幼獅常聽到一個笑話，就算全國都停電、停水了，也不會停到我們，「因為我們位在『博愛特區』哪！」意思是，我們跟總統府在同艘船上。

大陸訪客對總統府就在大馬路邊，且車來人往感到驚訝。對比天安門管制森嚴、守衛荷槍站崗，台灣的總統府正前方且設置小廣場，供遊客、尤其是大陸觀光客，拍下閱兵與升旗、降旗。台灣的政權是非常親民與友善了。

幼獅公司曾在九〇年代扮演兩岸交流先鋒，我接任主編、以及離職交接資料時，都曾一遍一遍瀏覽陳祖彥主編、李文冰編輯，與大陸來賓合影，並且不解，何以在後續兩岸大幅度交流時，幼獅反倒缺席了？兩岸交流，在二十一世紀變成我的「個人」事宜。

大陸訪客多作家、學者，以及少數出版商，他們或自由行，多數都是團體旅遊，抽空訪我，必是與時間斤斤計較以後的決定。他們都「刻意」擇在午後到訪，是不好打擾一餐的意思了，倒是我有幾回還應邀參加他們的晚上餐聚，一起飲酒，終能真正談上幾句。

我們經常知道，一別就是天涯，何時能再相見，也無須刻意。

沅陵買鞋

上班，我習慣走沅陵街，左轉重慶南路，到辦公的重慶大樓。一條路線走了十幾年，每回走都新鮮。先在西門國小下車，穿成都路、西寧南路，路上看過幾回飄逸如仙周夢蝶，竹竿掛藍裳，影單單、但又喜幢幢地，彷彿有他自己的鮮事。他過世後，不影響我看到他，繼續從成都路那頭，過蜂大與南美咖啡。

「周公哪……」喊，是沒用的，當時喊聽不見，現在喊，他無法聽見。有沒有可能，他都聽見了？

街道的早晨都睡眼矇矓，除了麵包店人影晃動，其餘的店面則鐵門深深，關著旅人、也囚著旅程。沅陵街的鐵門確實只關「旅人」

跟「旅程」。一條街，幾乎都賣鞋。必須到了上午十點，店家陸續開張，從它展示的櫥窗，才能辨識淑女鞋、高跟鞋、慢跑鞋跟時尚的皮靴。它們或緊挨著擺放，或一高一低，有的一前一後，彷彿往前踏步，那一步，即是天涯。

我習慣午餐後，往外兜轉，再回到公司午寐，曾叮囑北京不愛運動的朋友，飯後得散步，走一走哪。我恰走在專售鞋子的沅陵街，不知北京朋友落腳在哪一條街道？不知道曾到公司訪我的文人、朋友，現下是在西安、天津或杭州、溫州，用鞋底走著甚麼樣的旅程？

中午的沅陵街，已不若上午的靜謐。很少看到年輕人，逛沅陵街的人多過中年，打扮甚少時髦，髮色幾無純黑，似乎得有那麼一點胖了、矮了跟老，才適合這一條街。一條街原來也有它的青春期。沅陵街風華正好，是在西元七〇年代，當時，台灣觀光資源還沒有起來，往外國旅遊得申請，並得花上大把鈔票，島內的景點仍在啟蒙，一個飛不遠、走不遠的時代，反而人人都到沅陵街買鞋，短短街道不足百米，從此岸到彼岸，卻人潮洶湧，猶渡險河。

台北的發展是由西往東。站在沅陵街，看不到新興的一〇一大樓，但人潮的移動猶如翹翹板的兩端，沅陵街是愈來愈輕了。最輕的時候當然就在早上，我每一天清晨與沅陵街的交會。如果時間緊湊，我只能快步走過，匆匆趕到公司打卡，如果時間充裕了，我就慢慢走。這時候，闔上門的店面才對我產生意義。我可以想像每一個鐵門拉開的場景，我可以想像每一雙鞋被購買，踏走大街小巷的動念。我們挑了看上眼的鞋子時，內心也在做一個判斷：皮鞋時尚該上班穿、橡膠底耐磨適合踏青，設有氣墊的、通氣良好的，上班、休閒都相宜。

一個插曲，關於促銷海報：半買半送，以台語寫成了「伴燒送」。「燒」的大字旁邊剛好襯托「男女與童鞋」，每次走過渾如「七月半」普渡時分。二〇一六年五月，我將離職前，特地拜訪店家改幾個字，皆大吉祥，可惜男女老闆都不在，店員說會轉達，年後我再經過，依然燒著男女與童鞋。

辦公處鄰近沅陵街，我自然成了它的主顧，從瘦的、高的以及年輕的，轉眼胖了、矮了，並且老了。百米不到的街，走著走著，也成了人生。

我有一次難忘的購鞋經驗。一雙前一天看上的鞋，卻猶豫未買，夜裡輾轉難眠，決定隔天添購。隔天正逢週末，沒上班，且上午在大學有個講座，結束後匆匆到沅陵街買鞋，再赴另一個活動。那活動值得一說。北京魯院李敬澤率領作家群，拜訪台北，並辦理七〇後作家新書發表會，遠方的訪客風塵僕僕，並拖著大行李入住飯店，但近在咫尺的我，扛著兩只大包裝箱與會。我不好意思說裡頭裝著兩雙鞋。後來，每當穿上這兩雙鞋，我都有一種趕赴盛會的錯覺。

衰疲的沅陵街，努力地走出它的衰疲。它的努力很有意思。先在重慶南路交會口，豎立一只大大的鋼模皮鞋，標示著它是「皮鞋一條街」。母親節與過年前，大規模擺攤，南北貨、養生器材、保暖衣物等，帶來短暫的人氣；更隆重時，會搭起舞台，載歌載舞，機智問答。有些鞋店則撤下皮鞋，改作旅行箱生意。是鞋子也好、是旅行箱也罷，都是出走的念頭。但在出走前，它們都被關起來，非

常安靜、非常本分，直到它們與他們還有她們，看上了眼，走著、走著，便有了各自的旅程。

與重慶南路交會的街道不少，開封街、武昌街等，都鼎鼎大名，至於「沅陵」，還常被誤認為「阮陵」。「沅陵縣」位於湖南省西部，「沅陵粉」屬於湖南小吃一絕，尤以「豬腳粉」為甚，由米粉和特製豬腳而成，是沅陵人早餐的主選食物。沅陵縣交通不便，沅陵粉也難以逞威，流傳有限，但這僻遠之鎮卻在台北成了「皮鞋街」，是巧合，或者是古沅陵的一個夢？

天天走在沅陵，但未曾親訪沅陵，倒是在每天清晨，我走過一扇一扇緊閉的鐵門。當時，所有的鞋子都安靜，所有的旅程都在等待……有時我會感到悵然，我的一雙腳能穿多少鞋、能走到多遠的地方？原來，亟欲走出的一條街，正呼應了人心的出走。

至少一年兩回，沅陵街是不出走的，那在冬至與元宵前，糕餅業者因應農曆節日，聘了工作人員，於騎樓下擺放大量糯米粉，以及芝麻、紅豆等餡料，幾個人捧著一只大竹籃，搖啊、晃啊，那指節

大小的餡料，滾成一個圓，而且是胖滾滾的一個圓，再分裝在盒子裡，我常會購上幾盒，分贈父母與兄弟。

烹煮元宵是後來的事，當我在晨間經過製作元宵的沅陵街角，我走得更慢了。工作人員穿起廚師的白外袍、頭戴稱頭的白帽，有淡淡的粉末，隨著搖晃的竹簍揚升起來。白霧裊裊，親像母親掀開蒸籠的饅頭，年幼的我發出了一聲驚讚。不張揚的驚讚，它的喜悅屬於胭脂，不至於淡、也不至於太紅。

那時節，我便帶著微笑，走呀走呀，便也走回家了。

點潮汐

沅陵街位處忠孝西路、中華路、中山南路的核心區塊，是清朝的台北城，也是目前台灣的政經與文化中心，與沅陵街緊鄰的市集就叫做

「城中市場」。我每日午餐後下樓，或向右或向左，過城中市場、轉沅陵街、再繞道衡陽路回公司，幾乎是午餐後的散步路線，十餘年如一日。

十分鐘路程無法消解午餐脂肪，但當作心理安慰則非常足夠了。我無法多走，因為得上樓午睡，養足下午辦公體力。

幾次與文友閒聊，提到沅陵街與鞋子，竟有多人表示，他們仍然依循舊習慣，常往沅陵街買鞋。沅陵街，非常市中心，它散發的氣味則偏素樸，很像鄉鎮裡的熱鬧集市。商店多是老字號，擺設不強調鋪張、華麗，而以親民模樣接近我們的荷包。在這裡當店員也幸福，不需穿制服與著高跟鞋，家居而日常。

沅陵街銜接重慶南路與博愛路，但我很容易誤以為它是一條「斷巷」。它沒有在前後兩端設置路障，它兜攏起來的氣氛常見安靜、自在。尤其在過傍晚七、八點以後，我可以來來回回走上幾趟，不為買鞋，只是閒走。

沅陵買鞋

未央歌——記商務印書館

幾年前房產景氣好，外出購物、運動，會看到建案的招牌，躍上路邊搭建的鷹架，「晉江月」、「千山水」等案名，標示生活情境，勾勒我對家的不同想像。景氣好壞，看廣告即可知曉，除了大型鷹架，建商發揮搜獵本領，盡找每一個視角的可能縫隙；路口轉角、深巷裡一個很深的外牆……不動的廣告靜待我們向它靠移，無言的說也在述說。

我拿過幾份廣告，一份印象極深，文案上大刺刺寫著，「淡水河右岸，地標大樓」。沿河邊，是大片重新規劃的建地，沒有一棟醜陋的建築，紛以造型、取光、結構等，爭妍鬥勝，但沒有打上「地標」的。

我看仔細了，「鋼骨結構，樓高三十」，意思是買了這套房，大老遠地就能看見自己的屋宅。我無法意會，住進方圓幾里外看得見的大樓，對許多人來說，是一種彰顯的價值。

有些「地標」不以「高」取勝，「商務印書館」僅樓高四樓，卻是重慶南路的知名地標。它的顯著，來自領導者王雲五是國民政府要員，歷任財政部長、考試院副院長，並曾代理行政院院長，後於一九六四年擔任商務印書館董事長。王雲五還有一項重要的發明：「四角號碼」。他感於檢索漢字，使用「拼音檢字」有同音字多的麻煩，用「部首檢字」，系統又難建立。他受到電報碼啟發，轉漢字為數字。王雲五的事蹟被載入歷史課本，對五〇後出生的台灣學生而言，他的思維有創意、不拘泥，積極尋找可能。我的名字能被轉譯成哪幾組數字？至今也沒能搞得清楚，「四角號碼」變成虛設的發明，與民智毫無聯繫；又或者，它被應用的領域，在我的認知之外了。

商務印書館的名氣，清末就發跡，對於西學、新學跟新教育運動貢獻良多，大量發行兩大翻譯家嚴復與林紓的作品，蔡元培、胡適等人，都與商務印書館極有淵源。二次世界大戰後，台灣結束日本殖民統治，中國各大出版社來台設立分店，商務印書館於重慶南路上落腳。

我認識它時，它已褪去木造樓房的前身，是棟樓高四層的鋼筋水泥大樓，外牆鄭重鑄了「商務印書館」幾個大字。時約八〇年代，重慶南路以書店集中聞名，獲得「書店街」美譽，是學生選購書籍的集合地。就算不買書，假日上一趟書店街，也是時髦，對年輕人來說，還有甚麼事情頂得過趕時髦呢？

重慶南路的書店多屬綜合型，少數以專業定位，標榜電腦、教學跟醫療保健等，商務印書館則以文史知名。它的另一個重大事件是出版鹿橋的《未央歌》，小說以抗戰時代雲南昆明西南聯大為背景，描繪學生理想正面且積極，讓「上大學」這事，成為年輕人的普遍夢想。

我在金門長大，教育環境相對落後，搬遷台灣，所謂的「城鄉差距」，以「分數」表現得清清楚楚。我沒考好高中，只能就讀職科，一個深刻的遺憾是，我跟《未央歌》遠了。當時，好幾個世代的人都在「未央歌」：一個人的年輕與否，不在於年紀，而在能否熱烈燃燒，且必須是在大學裡。就讀職科在學習上的一層意義，是分數不如人，學習電焊、氣焊、基本管線跟引擎拆卸等，在培養我成為社會底層。底層沒有不好，但對年輕人來說，學習「未央歌」、上大學，是一個時髦，還有甚麼比上不了大學、趕不上時髦，更讓人難過的呢？

高工時，每回經過重慶南路，看見商務印書館，都覺得它格外地遠。幾個楷體的鑄字，顯得很有學問，也透著嘲諷。

人的一生常會有幾個轉捩點，父母帶我搬遷台灣、我於高工畢業時，選擇提前服役等都是。提前服役便意在退伍之後，改換跑道考大學，以為是自己鼓起勇氣，踏出雄闊的一步，卻是時代的氛圍，做了我的思考方向。一九九五年，當歌手黃舒駿以音樂詮釋《未央歌》，唱著「只是不知道小童的那個祕密，是否就是藺燕梅」，我也大學畢業了，益發知曉一座校園、一個居所以及一段歷程，都不足讓人燃燒。不是說小說不足信，而得說，自己才是該要崇信的那個人。

到重慶南路上班以後，跟商務印書館在同一條路上。九〇年代，商務換了管理者，大動作規劃書系，同步引介台灣創作與翻譯作品，大有老店新開的氣象，後來雷聲大雨點小，一樓展場先是兜售書籍，輾轉而為賣場，只要付了租金，皮件、衣物、運動鞋，都能進駐。

仔細回溯，我跟商務印書館的認識由遠而近、由低而高，先在課本，再於重慶南路上經過它，於一樓展場兜繞幾圈。推薦我主編《幼獅文藝》的陳祖彥女士，與商務印書館葉主編是舊交，曾邀聚我與葉女士，「你們都在重慶南路上班，有空多交流。」陳祖彥保養良好，屆齡退休時，大家都震驚，她保有的古風、雅意，也是我萬萬學不來的曲。

一回來了大陸出版界朋友，於會議室聚會後，要求我帶他們到心儀已久的商務印書館走走。他們讀商務印書館的書，也想認識編輯這些書的人，我說很近，就幾步路。他們不相信。我先跟葉主編打了電話，剛好她在，然後領他們下樓，「真的很近，站在外邊，偏頭往前看，就能看到了。」我站在騎樓下，左手直直地，斜指左前方。

「呀……」他們驚嘆。我引領一行人，走上商務印書館的三樓。屋子狹隘，隔間從簡，長官與下屬的辦公處難以明顯劃分；完全沒有時下社會的長官室裝潢並隔間，外加隱密百葉窗。我不知道這麼「舊」的辦公行當，是滿足了、還是弄渾了他們的想像？我陪坐二十分鐘，腦袋瓜裡，把商務的歷史流轉了好幾圈。屋陋無妨，有時候還能凸顯主事者樸實，它的氣韻從內部寫到了外頭，不需要高，僅四樓，就是火候。

幾年後再經商務，驚覺它成了旅館。外牆鑄字「商務印書館」不動，但為了低調華麗的旅館情境，字體漆暗。我站在路口愣愣看著。驀然想起，它的四樓我還沒去過，而今燈光幽微，窗簾微昏，很可能是空調流轉，窗簾微微地搖了。

我感到一陣暈，提起精神再看，想起黃舒駿這麼唱著他的〈未央歌〉，「你知道你在尋找你的蘭燕梅……你知道你在……你知道你在尋找一種永遠。」

點潮汐

黃舒駿是我少數認真聆聽的國語歌手之一。台灣流行歌曲，多是愛也苦、不愛也苦，一堆失戀調，黃舒駿不拘俗套，且帶點文青味，自然擄獲吾輩。當時的「文青」是讚許，不似現在帶著點貶抑。一個名詞在兩個時代，表情殊異。

因為歷史，以及之後它的實踐，商務印書館於我是神聖的。我的寫詩朋友李進文在二〇一八年春天成為該館總編輯，我有點目送他走上聖殿之感。

有位任職高中的老師還記得，走進重慶南路商務印書館為學生購置教科書，結帳的一樓門市沒有台階，卻覺得行了一趟鞠躬禮。老師說商務的書籍多數厚重，編輯嚴謹，讓人在靠近它時肅然起敬；這位老師是這樣說的，「重重的商務，為研究生鋪一條遠大夢想的路。」

重慶南路一段二十七號：彰化銀行

重慶南路甚麼店家都有，書店、餐飲、衣飾以及超商、郵局等，樣樣不缺。銀行更是林立，中信銀、華僑銀行，還有彰化銀行。對書店、咖啡廳以及餐廳抒情，是自然不過了，它們的空間不只是空間，還裝填了時間。六〇與七〇年代，買書奢侈，大學生買不起書籍，只能站在書架前，分期、接力讀完《罪與罰》，或者《戰爭與和平》。現實人物與虛構人物比耐力，書店不趕人，一週站崗好幾回，便沒有讀不完的書。

作家顧德莎《驟雨之島》有段微妙的「讀書報告」：男年輕工讀生朗讀、中年女士負責翻譯，台灣的盜版時代，能多賺鈔票的出版品，自然用掉更多紙張，那一個下午是酷暑或凜冬，都顯得悶熱，男孩每讀幾段，就得持水杯，咕嚕吞水。太安靜了，連咕嚕那一聲都來得粗魯，男孩改含著水，默默化解口腔中的水，把能吞與不能吞的，都嚥下去。女士坐在他前頭，戴黑色眼鏡，頭壓得低低的，交換使用藍筆與紅筆。一個讀、一個翻譯，用掉他們整整一個禮拜，終於合力完成《查泰萊夫人的情人》。

我總在那段敘述中，聽到油鍋煎魚，但屬於默劇，沒有聲音、也不能有味道。

男孩與女士，後來怎麼了？我沒有問德莎，小說不是要應允真與假，而該是善與美。書，讀完了，小說情節還在搬演，每一個苦難過、站崗過的人，都不會忘記讀過的小說，因為經濟起飛後，書籍不是坐著讀、就是躺著看，至於站著讀的，已經變成自己的人生故事。咖啡廳、餐廳，是約會之必要、談情說愛之必要、傷心與歡愉之必要、碎裂與團圓之必要，當然也是必要的抒情。

每回經過彰化銀行，總放遲步伐，因為它也是我的「抒情」。重慶南路一段二十七號，是彰化銀行台北分行的所在，台灣諸多銀行，很少以地方縣市為名，且全省設點。彰化何所在？台灣中部城市，直到二〇一六年，才增設高鐵站，它聞名的景點是鹿港天后宮、摸乳巷。作家李昂是彰化鹿港人，小說《殺夫》以鹿港為背景，彰化肉圓全省馳名，最為人知的該屬羅大佑〈鹿港小鎮〉歌曲，唱盡城市虛無，勾動遊子情念。

彰化成為銀行的名稱，始自清朝時代，一田二主的現象嚴重，日本殖民時代，為了釐清租權，日本政府交付龐大公債，以為因應。明治三十八年（一九〇五年），以吳汝祥為首的中台灣士紳，為解決公債，集資設立「株式會社彰化銀行」，是最早由台灣人自行籌資設立的銀行。一九六二年二月十五日，彰化銀行成為台灣第一家股票上市的銀行，此後歷經國民黨政府多次整頓，執行公營事業民營化，於一九九八年一月一日，銀行官方持股降至百分之五十以下，達成名義上的民營化。

諸多行政事宜，哪比得過情人間的一杯咖啡、一回西餐？彰化銀行成為我的「抒情」是因為它在三重設點經營。三重、中永和、新莊等區，環繞台北市，來自台灣南部與離島民眾，於六〇年代北上打拚，豈有能力居住台北？他們選擇一河一隔、一橋相連的鄉鎮，作為事業的起點。這讓我想到二〇一五年春天，曾於北京望京區小住。所謂的望京是望不到京的，至少還有幾天的路程，命名「望京」，除了字義美，更時刻提醒著，它始終不是京都。那也讓我想到曾有朋友建議我到「固安」置產，固安鄰近北京第二機場，雖屬河北省，其實更近北京，而且極有機會，比北京更靠近北京。

一九七九年，我與父母從金門搬遷三重時，是連京都不敢望的，只圖棲身，只圖後裔，能於風雨飄搖時，牢記風雨也是一種灌溉。

彰化銀行的三重據點在居家附近。我有許多個寒暑假，陪父母到銀行辦事。如果陪父親，過程精省，他把要存放的錢塞進後口袋，存摺、印信與證件，隨手往前方袋口一放，嚷了聲「走」，渾像要去吃路邊攤、喝啤酒，而不像到銀行辦事。母親很想嘮叨幾句，口袋裡好多錢哪，怎麼像個無事人？母親想歸想，畢竟不敢造次，雖在室內，謹記錢不可露白，更不可張揚，只能眼神示意，讓我跟緊點。陪母親上銀行是費事了，母親故意背上土氣的大背包，在裡頭擱個小背包，小背包裡是一團報紙，打開來才是鈔票。與母親下樓，就全面戒備，時刻注意行人與路口。有好長一段時日，每回與父母見，他們都會提報哪裡發生搶劫、哪裡遭小偷，人間事，善惡有之，預報前途驚險，正因為他們這般熬了過來，一丁點的捨去都非常痛心，不料卻在二十年後，變得樂善好施。關於世道，經過的路提供一種看法，尚未走到的路，也提供另一種看法。

我最難忘進銀行後，父母親的倉皇失措。他們羞愧地把紙鈔堆放櫃台，印信與證件握緊在手，「來，幫忙寫存款單。」他們命令我的語氣幾近哀求了，我飛快填好姓名、金額跟帳號，他們看待我的神情非常滿足，彷彿讚許著，「沒有白白教養你啊，總算能寫得幾個字。」

不識字，是父母的大遺憾。父親於建築工地做事，常記錄工作的地點跟時間，字寫得粗斜，難以辨認；母親在成衣廠工作，車拉鍊

與布條等，按件計酬，登記的數字更是麻亂。怪的是，他們記得凌亂，都不用本子，而是紙片銜紙片，好像失去了文字的章法，他們所記每一個數字，也都後退、再後退。很多次，我都陪著他們，向銀行櫃員，鞠躬復鞠躬。

彰化銀行，存款之必要、提款之必要、養家餬口之必要、後退鞠躬之必要、識得幾個字之必要、心疼父母之必要，這是我的抒情，關於一間銀行。

重慶南路一段二十七號：彰化銀行

我的上班地址與彰化銀行，就一條路上斜斜相望。十多年來，只出入數回，有幾次是繳交稅款，另一回是問投資理財。理財專員解釋，買一筆債券一年能有百分之二十以上的報酬。銀行教人存錢，難道也教人搶錢？我狐疑未止，帶回資料，想起父親曾說，「得踮腳尖才能拿到的事物，就不要費心去取」，便沒有進一步行動，晚我幾分鐘進去的某同仁，卻果敢簽屬協定。那在二〇〇八年，雷曼兄弟公司以債養債，信用過度擴張，導致全球金融海嘯，同仁投入的大筆退休金，再出場時，只餘幾萬元。

又過幾年，我聽同事感慨說，邀請已經退休的同仁吃飯，他欣喜答允，忍不住問了在哪裡用餐、得花多少餐費，問罷後，沉默幾秒，說他無法參加了。在退休的基礎上，時間是能計價的，一年一年，一個十年、另個十年，而今都因為風暴，一一消解了。

很多年後我才知曉，父母上銀行存錢是為了繳房貸，他們不覬覦非分利益，也不願意看人臉色。他們鞠躬復鞠躬，除了後退，原來也是一種告別。

點潮汐

二二八事件裡群眾聚集抗議的「專賣局台北支店」就是彰化銀行現址了。我曾讀過幾篇文章，其中一篇指出「現場亦無任何二二八事件紀念標示」，遺憾之意溢於言表。

我寫過一篇沒有出版過的小說，點出台灣的二二八悲劇成為選票來源，政黨以受害者姿態聲聲訴求、人民以選票一次一次償還歷史苦債，而我不知道這樣的償還何時終止？

對一個金門人來說，二二八重要，八二三炮戰也要緊，但在八二三炮戰六十週年的二〇一八年，某黨籍發言人指出：「八二三戰役是國民黨與共產黨的事，與台灣何干？」

沒有八二三戰役、前線的犧牲奉獻，哪來台灣後方的安定進步？閩南語說，「死道友，不死貧道」，自個兒的禍福當然自己最大，其他都可以被犧牲與忽略。當我關掉電視，安於書房一隅，我內心洶湧、情緒激動，我不搞「天佑台灣」這套，只是頻頻倒酒，愈喝愈悲涼。

吻別新公園

「公園」，在重慶南路交接的襄陽路上，有人喊它「新公園」，有人則稱「二二八和平紀念公園」。一個地點，兩個名字，記寫了不同的世代。

上班煩躁時，常下樓，找一個所在，放空或者繼續思索。智力工作者，工作時間超越朝九晚五，拿卡貼近感應器，「嗶嗶」聲響，上班或下班，只是一個形式。「形式」有一個便利之處，是把多數人納進體系，出勤狀態、請假多寡、加班時數等，便可以量化管理。這是犧牲個性，換取常態，我也是被換取的那一員，幸好，我們的換取不是絕對值，允許薄薄的放縱。

下樓，我常從衡陽路側門，走進新公園，找了張椅子歇息。側門往左是魚池，向右是露天音樂舞台。魚池邊，擺石砌的長椅，跟上了白漆的靠椅，幾只石頭圓凳挨著樹根圍繞，或兩只、或三只，都在老位置，彷彿它們不被時光移轉。

新公園因靠近總統府，警力或明或暗布樁，安全有了更高保障，當台灣還處在惡少趁隙作亂的年代，報上常載情侶約會被勒索，在新公園約會，就非常安全了。我與一位大學女生嘗試交往時，就在新公園的魚池邊，挑了張三人座鐵椅，中間塞放了兩個人的背包。還不到談情說愛的熱絡，偷瞄著旁人的談情說愛，「哎呀，樹下的情侶，竟光天化日下親吻起來了。」我輕聲說。

聲音有情緒，也能標示方向，女生很快找到擁吻的情侶，雙眼緊盯，先是眉眼、再是鼻翼，然後整張臉蛋都放著光。樹下的、池邊的，情侶們都在接吻了，吻，難道可以激放電流，大夥兒紛紛感應？愈來愈多接吻的情侶，仍不足以搬移擱在我們之間的背包，「好了，我們再逛逛去！」她說。

這一逛不是天涯，但也是天涯，再見到她已是三十年後。她曬得皮膚古銅，手戴大顆寶石，本想調侃她長這麼大了，還學高中女生戴贗鑽？但聽她敘說在五大洲都買了房地產，常應邀參加「蘋果」集團舉辦的宴會，我急忙噤口，覺察到我跟她之間，早容不下一個笑話。

她的古銅膚色該是故意曬的，柔順均勻，正如巧克力，顴骨上雀斑多，卻不暗、不髒，如星斗了。我想像它們在夜晚放光的樣子。我想像當年，我如果勇敢移開兩個人的背包，人生會是甚麼模樣？但是，沒有如果了，她中、英交雜地談了赴美發展的經過，我們也提到了新公園，以及那些不屬於我們的吻。

她不知道，我曾以她為藍圖，寫了短篇小說〈守衛黃正文〉，北一女學生與便衣崗哨在一場「自力救濟」中結識，而後戀愛。何謂「自力救濟」？戒嚴時代，百姓不得集會遊行，有不平之事，只好走上街頭，自己救自己。〈守衛黃正文〉曾經入選《中國時報》短篇小說獎前五強，頒獎典禮現場公布名次時，鎩羽而歸，小說蒙陳映真寫評，幾年後在台東文藝營巧遇，陳還記得他為我寫下的小說評言。

側門右邊的露天音樂舞台，幾十年來都是木製靠椅。最難忘與高中同學入內野餐，被唱片公司請託，坐到第一排，權充拍攝音樂錄影帶的觀眾。不久後，主角登場，一名眼生的歌手躍上舞台，載歌載舞。她皮衣打扮，一身的好，都蹦得圓圓的，稍後才知道她是藍心湄，正錄製第一張專輯。藍心湄走紅後，曾與藝人哈林拍拖，現在已過五十，面容、身材依然姣好。只是時光流轉，過了偶像歌手時代，轉型為喜氣大嬸。

我每回經過露天音樂台，都要坐一會，想想前塵。舞台依舊，木椅仍新，難道這是一種提醒，告訴我真的有「永遠」這回事，告訴我，當回憶粉墨登場了，都演著同一齣戲。後來，我真在藍心湄的音樂錄影帶上，看到我與同學們拘謹地打拍子以及鼓掌。我們沒那麼入戲，但也成了一齣戲。

「新公園」早已不新。在我初訪時，已開放一甲子了。滿清時期，台北除了少數區域之外，餘皆荒蕪，日本殖民期間，開始規劃具規模的都市公園。新公園建於一八九九年，一九〇八年落成，以歐風打造，成為台灣第一個都市公園。它的新，是對比曾經舉辦「花卉博覽會」、一八九七年落成的圓山公園。

新公園接近總督府等行政機關與日本人聚居地，經常舉辦活動，國民政府於總督府設置「總統府辦公室」後，每年國慶閱兵，新公園成為民眾聚集地，爭睹威武軍旅，以及呈現民俗之美的各地花車。我多次擠在人群，踮著腳，左閃右避，就為了看一眼，好像多了那一眼，就能多長甚麼故事了。除了國慶日當天的萬頭攢動，活動預演時，街衢便有不同氣氛。交通封鎖、人員進出管制，我有一回與朋友，想趁著新公園的地利，好整以暇等待閱兵預演，沒想到警察入園大吹口哨，驅趕民眾。那還是新公園有鐵籬笆的年代，偌大的公園只四個門，我們忍不住嘀咕，細問之下才知道，原來是擔心有人在公園裡擱炸彈了。

沒料到不過數年光景，民眾對閱兵興趣大減，新公園鐵籬笆拆除，以前四個門，現在則有無數的門。

也許公園本身已經容納了我太多的往事，我常忘了它的主建築是國立台灣博物館，設於一九〇八年，是台灣歷史最悠久的博物館。建築體正面，常布置巨幅看板，標示不同的主題展，如原住民展、農業器具、藍染藝術等，我與它為鄰十多年，入內參觀不過兩、三次。倒是有一陣子，經過館前，常看到一位摺紙飛機的大叔；他挨著一輛老舊單車，從行李籃裡拿出紙張，摺飛機。免費的，只要花十分鐘排隊，就能獲得一架紙飛機。他的紙飛機認得回家的路，往上抛射，空中繞個大圓弧，能飛回主人跟前。

館後方不遠，設置了「二二八和平紀念碑」，是我認識新公園以來，它的重大改變。二次大戰後，國民政府派遣陳儀接管台灣，一九四七年二月二十七日，因查緝私菸，專賣局人員打傷女販，誤殺路人，隔日，群眾示威抗議，請求緝凶懲戒，卻遭受武力鎮壓，零星之火，演變成全省暴動。陳儀佯與協調，卻暗電南京政府，蔣中正聞報派兵，把台灣民眾當成了暴民，死傷者數萬。

一九九六年二月二十八日，「二二八和平紀念碑」正式揭碑，陳水扁時任台北市長，主導新公園改名為「二二八和平紀念公園」。一轉眼，二十年又過了，「和平」依然刻在石碑上，還沒有下凡，打開它們的結。

我與交往的女生，未曾一起緬懷紀念碑，立碑前她早出國了，但經過時，倒也想起她。當年和她話別，她說受不了台灣的政治對抗。她父親是外省人，她是所謂的「外省第二代」，而她到了美國，便只是個「華人」，一個卸下包袱的人。時間渡化不了的，可以交給空間化解嗎？這談何容易哪，儘管她把自己曬成了古銅色，可眼眸裡，那一閃一閃的，都還是回家的路。

點潮汐

故事的女主角，北一女學生，曾經說活到四十就不願意再活了？年輕人，很容易用「死亡」把一切都停格化、浪漫化，不過，她愈活愈有滋味，四十歲彷彿成了人生起點。我欣喜看到當年的青澀少女而今五湖四海跑，只是不知道她現在跑到哪裡了？

很多日常事務都可以當作一款驗證，尤其在講課時，當我提到「聞雞起舞」、「陶侃搬磚」，那些嘴角微露笑意者，即吾輩同梯了。教科書日漸改變，聞雞不起舞、陶侃也不搬磚，陸續退出教材。「新公園」與「二二八和平紀念公園」也是辨識「吾輩」的一個測試。

喚它甚麼名稱都不要緊，對老人來說依然晨間打太極、對孩子來說依然好個盪鞦韆，對池中魚，依然是一個池塘，游東、游西、游南、游北，依然一個輪廓。還好，魚的記憶不過幾秒鐘，如果去問一條魚，池塘多大，牠會說，「整個宇宙都在這裡了。」

如果一條魚，存在著一個宇宙的想像……

你也

來了

你也來了

出公司大樓右轉，往前走個百來米，就是總統府。沿重慶南路，不需要看門牌，往前，愈走人愈少，愈走愈接近一種空，單是氛圍就能辨得，這個地方是不一樣的了。馬路寬，垃圾絕少看到，風景跟樹都變得方正，彷彿不允許雀以及蝴蝶，往那頭飛。如果權力有形狀，該長得像包青天奮力一拍的「驚堂木」。

拍。這兒的拍，是方正與一種方正，彼此面對面了。

驚堂木長六吋、寬五吋，厚度幾達三吋。皇帝也用驚堂木，但稱做「震山河」，表明他是一統江山的主人。經過總統府，常會訝異它的沉默。府無語、警衛無聲，只有來往車輛如燕，噴吐幾口悶氣，馬上消失。我偶爾經過府，再怎麼仔細凝聽，都是沉默。我知道，那不只是空，而是往內的、一種聲音的收縛。

拍。它甚麼都不說，但更有聲音。

很多年前，連戰還是青年才俊，時任副總統，而不被喊做連爺爺，我應邀進府，排在很多藝文界前輩的後頭，依序與他合影。府內的家具都沉沉的，紅、赭紅、暗紅；地磚是小方塊、大方塊以及更大的方塊。地板鋪上鮮紅色迎賓地毯，我走在上頭，覺得它像麥芽糖一樣黏牙。窗花漂亮，菱形的木條都上了年紀，在府內窺看台北的天，我感到新鮮，還有一點無常與酷冷。

輪到我與連戰合影了。攝影機有立著跟拿著的，有近一點、遠一些以及故意站偏的，從我與連戰握手開始，快門聲一直閃。連戰誇張地打量我，「喲，這麼年輕就當主編、還當作家的哪？」連戰很正經、但也非常不正經地看著我。如果我沒有記錯，我一走進攝影的小樓，旁邊有個清亮女聲低低報著我的姓名跟職稱。政治啊，至少得飛快把人名、職稱記得熟。我面向連戰羞赧微笑。我哪是甚麼作家？只因為選舉考慮，我才能像個貴賓進府，大膽參觀，沒有忌憚地打量持槍駐守的衛兵。

我出生戰地金門，十多歲與父母搬遷台北。忠貞不二是總統府護衛優先錄用的標準，金門人正符合，而且肯定是高標準了。我的堂哥曾任總統府侍衛，後來到故宮當警衛，再後來，駕著堆滿衣物的小貨車，就著車多的省道，賣起成衣。

憲兵的厲害之處，是全身找不到多餘的動作，拋槍表演，行進間變換隊形，都乾淨俐落。我不明白那些動作是怎麼省下的。我注視站崗憲兵，懷疑他們連呼吸都省下了，淡綠色上衣沒一絲皺紋，也看不到任何起伏。這是堂哥自以為豪的儀態，它們像花，而且是食人花，堂哥交往了幾位女子，順利迎娶堂嫂。幾個月前，我經過新莊某高中，聽見有人喊我。我愈聽，聲音愈實了，一轉身，見堂哥穿白汗衫、花短褲，趿一雙拖鞋，喊我。問我幹甚麼來新莊、來挑幾件衣服回去穿？陪同招呼的女人已不是堂嫂。應該說，已不是原來的堂嫂。

我沒有拿到與連戰的合影。幾千位、幾萬位進府合影的前輩，大約也沒有人拿到。老早沖洗，做為慶功用的照片，流落何處？我經常想起這一天，恍若張燈結綵，相片色彩必也斑斕，然而，它們是一種匆匆。我真不瞭解政治，都說為國為民，動員、組織，花好多錢微笑、走好多座市場微笑，只為了把自己送入地獄？更糟的是，自己去了地獄，也帶領滿船的人，航向地獄。

那一年國民黨分裂，於台北市長連任中失利，敗給馬英九的陳水扁，意外受惠，贏得總統寶座。不管誰當總統，我仍於重慶南路上班。以為任誰當了，生活都該一樣了。但慢慢就有了差別。

重慶南路舊稱「書店街」，許多老字型大小出版社撤離，幾家書店拚轉型，改售電腦與影音專書。不久後，寫真集進來，才幾年，以情色本能勾引荷包也失效，近些時候，有家書店闢了一半空間賣咖啡，有些徹底忘了書的氣息，改裝成雅致的旅館。

地址仍是地址，門牌沒改，但換了張貼的地方，經過商業設計，精神煥然。以前是書迷，現在是旅客，俗話說「讀萬卷書不如行萬里路」，書店改為旅館，是把閱讀，從靜態調整成動態了。我於早晨經過，正逢旅客退房，拉整行李，上下遊覽車。有日本人，有說廣東話的，更多是大陸遊客，我步伐得閃。閃，左腿遲、右腿快；閃，閃著旅客與行李，免得被絆著。看上去，我像跛腿了，更像卡在時光的閃爍中。

總統府離我上班地點不遠，但是沒事，不往那頭走，而往車站這一邊。我下樓左轉就是武昌街，左邊的市場兜售衣物，小吃攤設右側，一邊顧顏面，一頭管肚皮。城隍廟又管著另一層次。候選人常在投票前幾天，藉神的名義造勢。一回，是馬英九總統與力挺的子弟兵陳學聖，相偕進香，媒體、香客以及政治迷，團團圍繞。當時馬英九人氣正旺，不料陳學聖竟高票落選，沒有續任立委。我認識陳學聖，原想打個招呼，預祝當選，始終擠不進人群。

我訕訕離遠人潮，抬頭正對城隍廟匾額，上頭寫著「你也來了」——這四個字，是一堵牆，更是一種綿軟。我有種心事被揭發的尷尬，同時又有被瞭解的踏實。我還是沒有停留太久，右轉出廟，左轉經漢口街、開封街以及南陽街等，走踏一個微型中國。大陸遊客到此，會迷惑街名的由來，要瞭解它，須沿時間逆走，回到毛匪蔣賊年代，連一條街，都走著濃濃的鄉愁。武昌街路口是知名的明星咖啡館，藝文前輩常於此聚會，店內販賣的軟糖是蔣經國夫人方良女士的偏愛，一家店要聞名，需是好多種力量交會。它的舊騎樓，有一個舊遠書攤，詩人周夢蝶曾於此擺攤營生。

武昌街與重慶南路口，分別是屈臣氏、銀行、馬哥孛羅麵包店，以及剛營業不久的義大利麵館。一個路口、四個轉角，得屬屈臣氏這頭最有氣味。有賣饃饃、花生米、蒸糕，十年前郵局依舊營業，人潮多時，蒸饃的鍋子一掀開，蒸氣飄散，街景如山路，人人的臉都抹一層淡淡的寧靜。我有時候守在騎樓下，只為了等一個鍋子，打開了不同街景。在那層光暈下，一旁懶坐的老乞丐都有一點詩的意思了。

對應總統府，出武昌街以迄車站，是更有味了。我偶爾經過府，是應邀到它對面的北一女中，演講或擔任文學獎評審。我走啊走，看著警戒而巍巍的府；它的警戒，在外觀就是了：氣派的一字型，中央建物聳立如筆，路旁的拒馬稱不上距離，而在警衛荷槍實彈、以及行人道便衣員警梭巡打量。府周遭的空氣，像專屬於府，它們不流動，而且長得很僵，又必須露著微笑。

有一回，我正經過府前，路上沒有需要閃躲的遊客，我卻猶豫了一下。是種被注視著的感應，我轉頭看府。荷槍警衛正視前方，眼睛瞇成線。便衣躲蔭中，斜斜地看我，彷彿我藏身的樹也受到了威脅。但不是他們，而是府，或者說與府精神仿同的地方。

我於龍潭陸軍總部服兵役，它有一個大門、兩個側門，我放假、收假，都從側門出入，繳交單位核發的假條。我追隨前輩做法，於外邊民宅租用整理櫃。一夥人，安靜地脫了整齊的軍衣，換上不同顏色的衣物，每一款式都說明了他們原來的性格。再穿上靴或鞋，都紛紛精神了。

許兵早一步換好衣物，在外頭等我，問我真的不一起到台中？我搖頭。後來在夢裡，我仍一直搖頭。事情發生在隔天，大家趕晚點名收假。有的趿拖鞋，肩頭披毛巾，左手拎臉盆，到走廊盡頭盥洗；有的坐在床頭發呆，回味假期跟誰好了、與誰鬧了。剛收假的士官兵，依然還沒有回到現場。我盥洗後，發覺許兵還坐著。他的臉不是白，該說是冷，薄薄的唇抿緊了，是一個女孩的樣。他抬起頭與我說，有事問我，十點就寢後，能找個地方談嗎？我是許兵的班長，沒理由拒絕。許兵獲得應允，眼睛這才有了一點亮，拎著盥洗衣物，快步而走。

有很多年，我不願意回想我與許兵的會談。退伍時，給了許兵家裡電話，他在營部辦公室與我握手道別，非常篤定地說，「等我、等我，我一定會去找你。」許兵管人事，我的任何資料他都有，跟我索電話，意味索取我的首肯。他不願意直截撥電話，闖入我生活，前提得是，我寫給他。許兵謹慎地對摺我留下號碼的紙條，摺成一小方口，放進上衣左口袋。現在我想起那一幕，很像後來電影《鋼鐵人》放置能量的胸口。他摺得仔細，彷彿那組號碼就是一股能量。

從此，我便不自覺地等著許兵。電話鈴聲一響，我一陣緊張，編撰著怎麼對話。有時候鈴聲響在假日一大早，我醒來，發現自己的近視沒那麼嚴重了，竟看得見天花板一隅，油漆剝落。它們是一朵朵潮濕的、腐朽的花。水氣向中心集中，油漆突起，有了皺褶。待意識到自己近視六百度，怎能看得清晰時，我就看不清斑駁了。電話非常霸道地鈴、鈴、鈴，我搶出客廳接起時，它已掛斷了。

難道許兵放假，來約我？我惴惴不安，躺回床，一看鬧鐘，不到七點。暗罵了一聲，蒙起棉被，睡不著了。一個月過了、半年過了，接下來，許兵退伍。以前我只擔心假日的來電，現在連平常日都得擔心。

日子來到很後頭了，我在府前頓了一下，歎一口長氣。當我膽敢回想許兵，他對我，不再是威脅了。那一晚，許兵領我進營部會議室，打開角落一排燈，我坐在椅子上，他坐另一張。日光燈從角落映來，許兵白皙的膚色有了一抹暗，雙眼忽就立體，他戴黑框眼鏡，一個大圈的眼，圍著小圈的眼。人的兩隻橢圓並不是流暢的線條，而有棱有角，有暗處與黑，我看著，感到渾身不自在。

許兵站起來，我不禁鬆一口氣，趁勢調了調椅子角度，剛剛那位置，讓我愈看他，愈覺得他很深。我不能說是怕，但有一種因為看不真確，而懷疑那是甚麼的不安。像是夜騎，機車頭燈雖亮，但山谷無燈，被映出形體、與未被照映的，是不一樣的恐怖。許兵不過一米六五，乾呢、瘦呢，還非常白。我高他半個頭，至於體魄，便如鵝卵與鴿蛋般懸殊。怕甚麼呀？我給自己打氣。會議室不能從內鎖，許兵拿了把椅子頂上了門，又坐回來。頂上門，自是防止他人意外闖入了，我料到許兵待會要說的，想必非常緊要。

多年後，我成為一個作家，常應邀分享寫作。關於這一晚即將發生的事，我提過好幾回。比如，談到台灣解嚴，黑悶的社會裡，種種的壓抑有了一道起跑線，情欲也等著跑出。我飛快地看了觀眾一眼，他們是高中生、大學生，有男生、也有女生。有幾位出席者年紀稍長，大約是教師或助教，不是坐第一排，就是選最後一排坐。

我輕咳一聲，輕易而熟練地端出回憶中的會議室；彷彿它已被製作為一個舞台，我除了演出，也負責口述。

我跟許兵面對面而坐。許兵說家裡背債，需要他掙錢周轉，他利用假日，湊齊了十來萬。我吃一驚，知道他到台中是為了籌錢。許兵提過那場小型宴會，來了好幾個大人物，他不便說是誰，慫恿我自個兒去看。我隱約猜著了，但假裝沒聽懂，又不能真的不懂。我說自然生陰陽，都有遇合的道理，有些事情既是違了理，就別陷入了。我叨著前些時候，跟許兵說過的話。許兵盛讚我說得好，若能出席他們的台中宴會親述，自然風行草偃，大夥兒額手稱慶。我不是甚麼才，或許倒是一塊柴，但至少知道不要讓火燒了，自然不去台中。

我打量許兵。他的眉目很像後來流行的煙燻妝，活脫脫是電影《神鬼奇航》強尼・戴普的樣子。許兵卻更精簡，沒那些蘭花指，不曾扭著腰說話。而且，他沒裝扮甚麼，自然就煙燻了。他像是一吹氣就要倒，但經過兩天一夜，我想像中的狂暴、淫亂，以為許兵該要脫水乾旱，卻連臉皮都沒減去一分。他乾淨而枯白，而每一種東西到了他手中，都像是炭化，變薄了、顯脆了。他是穿草綠色軍服，同時那也是一副蟬衣，半是明透、半是風口。

我的打量許兵知道。我知道許兵的知道。所以，我不願意說，也不願意再去揣摩。許兵也不說話了，看著我，彷彿他隨著我的想像，回到昨天的現場。

我述說的腔調忽然低了。眼前是一扇形的演講廳，座次由少而多，是一朵半開的花；眼前更經常是兩條直線、兩堵牆，往後延伸，是教室、是演講廳，隔得方正。觀眾席坐著高中生、大學生，男生與女生，都成年了，有的有愛情，有的沒有愛情。是，是許兵坐在我前面，身體前傾，半跪在我跟前。許兵雙手捧著我下頷。仰著臉，是為了讓我看他，或是更把我看仔細了。他就定穩在這個角度，雙手沿著我的衣襟向下移滑。

我為甚麼不移動，事情來得快，嚇傻了？我邊說，仍暗暗問自己。不過十餘秒，許兵的手不是手，更像是兩條蛇，而且長手、長腳。我的胸膛不過如是大小，但在那一刻是寬廣無垠，而且還種滿小麥。已近收成時，飽滿的穗尖往前點啊點、向後頓啊頓。因為好風與好陽光，小麥都打著瞌睡了。我跟小麥都處於一種飽滿，坐著啊站著啊，等待被收割。

我到了遙遠之地，尾隨一條微笑的蛇，但其實，我只是從上衣的第一顆鈕扣，走到最後一顆。我不知道它們甚麼時候被解開了。我只感覺著，一片有著陽光的小麥田。

我在談論同性戀書寫，被無聊地懷疑是不是同志時，也曾帶著一點炫耀，以輕薄的姿勢、亢奮的嗓音，述說我跟許兵一起共度的會議室。

我討厭自己變成孔雀，但是，這是真的，適時的一點俗，可以把故事說得飽滿。我直接以酥麻形容許兵雙手的移動。我回味當時來不及細細品嘗的手的遊移。我說得激切，好像正打開會議室，走上舞台，坐椅子，等著被完成後面的情節。大學生、高中生以及男生跟女生，隨著我的口述，眼睛都笑成一個彎。如果我夠清醒或者當天正好累了，我會在喧譁中停頓下來，臉上兀自微笑，內心卻塵沉。

我問自己，何以撤掉會議室所有的牆，讓一個密室劇情，成了公開情節？我無法解釋自己的粗暴。很可能，粗暴也無法解釋我。

不管是哪一個版本，它們都是真的。許兵在我左臉頰，親了一下，它的濕度是真的。我沒有推開許兵，是真的，我像被招待了一趟淺淺的性愛之旅也是真的。我的身體沒有甚麼強烈反應也是真的。我的褲襠被許兵暗暗解開、我發覺了但沒有推開他也是真的。如果再多給我們三分鐘、五分鐘，我沒有把握我會不會激動興奮，也是真的。但是，沒有如果了。

許兵事先頂上的椅子發揮作用。門被推移，椅子咭咭，聲音由小而大，像車子急剎。我想起這聲音，像看到車子失速撞翻護欄。天氣大好，車窗漾著太陽反光。海，汪汪藍藍，散布礁石，土黃色、黃色以及生鏽的黃，浪打過來時，雲都是白的，捲起的浪也碎得銀白。車子飛著，有點弧度，更多的是筆直，所以車子，便穩定地直直而飛，不曾墜落。

我想得夠久了，該回到現實，提到副營長納悶會議室怎麼還有燈光，推開了門。從門閂被轉，到椅子被移動了一個大劃子，才幾秒的事。我面對門站起來，順勢拉好拉鍊、扣上褲頭，許兵起身回頭，兩人齊聲輕喊，「副營長好。」我解釋許兵家裡有事，找我訴苦。副營長點頭，提醒已過了十點，不要太晚。

事情，就到這裡了。

事情，是從這裡開始了。

冬天過後，我退伍了。許兵在營部會議室，跟我要了住家電話。

那是激烈的一聲拍，是「驚堂木」或「震山河」都好，但始終，它們剩下遠遠的注視，而失了聲音。我看著日本殖民時代遺留下的總統府，它很優雅地看著我。它的模樣讓人遺忘它是政治的核心。

有一個網路笑話是這麼流傳的：甚麼路，最快到總統府？一、忠孝東路；二、介壽路，現在稱「凱達格蘭大道」；三、重慶南路；四、五、六等等。答案是「水泥路」。

我們的居所、軀骸、聲音，是透過水泥而連結了。我下樓，不單只有左、右兩個方向可以走，我還可以往前，過重慶南路，過對街騎樓，走進「二二八和平紀念公園」。騎樓前，曾經有個景觀是「胖達人」麵包店。它的資本結構，我與消費大眾都忘了，但都記得藝人小S曾為它代言。標榜天然卻多用合成，在台灣陷入起雲劑、塑化劑、地溝油等食安風波時，讓台灣顏面掃地，尤其是在大陸同胞面前。「胖達人」改組，大約秉信「不信人心喚不回」，換了招牌，加了好幾支促銷麥克風，每回經過，我都聽到新的麵包店不同的促銷。對於喧囂與風波，我只習慣經過。偶爾聽到誘人促銷，還是會進去挑選幾款麵包。

「二二八和平紀念公園」也可以當作考題，答案不難回答，一是它的舊名；二是，它是甚麼「族類」的大本營，白先勇的《孽子》以它為背景？答案是「新公園」、答案是「同志」。

我下樓，往左往右，多有事的，唯有往前走到公園，是為了緩和精神。八〇年代，我還是高中生，有時候也來。入口處兩隻精銅鑄造的牛、露天音樂台以及八角亭、池塘，三十年來不曾改變。它最大的改變是幾年前，拆除了圍繞公園的正方形柵欄。以前僅大門與側門出入，現在到處都是出口與入口。

我多下午來，有時候晚上也來。一直忘了介紹我了。我是出版社主編，寫些小說跟散文，我說，都屬邊緣，不入主流，出版成書，總是害苦出版社。我這麼說時，總壓低頭，真心誠意感到羞愧。一米七的身高，又縮了一號。於是便有了這定律，我的書籍未必多精彩，但為我出書的出版社，都具有理想性了。我依附著旁人的理想而生，經常顯得畏縮。幸好不胖，夏天穿針織衫、冬天襯衫配厚外套，加上編輯事務單純，容貌還有著大男孩模樣。所以，我若在傍晚，陽光慵慵的時候，進了公園，且盤桓超過十分鐘，便會有人影綽綽靠近我。他們絕少上了年紀，多是事業有成、打扮時尚的中年人，或是看來懵懂，不出聲詢問，在一旁兜著我，很怕走近一步，觸犯了我的底線。我不是同道中人，沒有耐心跳甚麼求偶舞，同時納悶來者判斷力太差，因為無所事事而來、以及為了有所事而來，竟然無法分辨。

我參加活動多搭乘捷運，回程從台大醫院捷運站出，走襄陽路口。有時候沒事，便跟自己說，故意繞遠吧，踱到音樂廣場附近。公園長板凳不少，沿小柵欄的公園邊，或在蓊鬱樹下，最常滿座的是魚池旁，鯉魚爭啄遊客餵食的餌，金、黃、金黃的以及鮮紅條紋，擠成好多個顏色漩，彷彿再擠壓下去，群魚就要化成龍身了。

我看了一會魚，魚池邊沒有位子了，我總是想不明白，怎這麼多無事的人，閒在公園？老人跟小孩還可以解釋，年輕以及中年人，不正該上班嗎？我踱回音樂廣場附近，點了一根菸。菸沒抽完，一個中年人朝我走近，站了又走，走了又沒真的走，一直找著機會，對上我眼神。眼神，能多近哪、能多遠呢？中年人盯著我，語氣鮮跳如魚，開口問我不用上班、沒事啊、專程來公園抽菸？我最早看到中年人一雙鞋，不油亮，但乾淨。西裝褲剪裁合身，小腹微凸與厚實的腮幫子倒扣得起來，換作是應酬場合，該是讓人交心的親切型人物。但是，場合不對哪，這在新公園，而不是鼎泰豐餐館。

我冷著臉看他，三點不到，還不是夜了、黑了、暗了，怎麼就等不到夜色把臉、樹以及燈光都一起模糊了。中年人不以為忤，似乎習慣了這城市的無禮、粗暴，也有一點點責怪自己的意思。我拉緊敞開的灰色大衣，這倒提醒了我，已是秋天了。

雲，沒有左右，風是亂的，天空皺了，樓很新。陽光好的時候，帷幕玻璃非常刺眼。它們習慣分岔，把一個太陽散成好幾片光。我看著中年人走遠。瞇眼看著他的背後，大樓靜靜的反光。瞧著，非常無事，或者，以為無事。

我大聲地喊了一聲「喂」。中年人拉緊大衣，也把感官包裹了，竟沒聽見。我只得喊第二回。中年人聽到，驚訝回頭，快步走向我。我想起許兵。膚白、薄唇，活像個女孩，但我在他面前，又更像個女生。許兵可曾在許多個日夜交替之際，持牛皮紙袋等信物，進公園來？算算時間，許兵該中年了，仍白嗎、還瘦著？就像眼前的中年人，時光前推二十年，青春還沒敗壞之時，它留下的吻，雖然暗了、也太潮濕，但模樣卻都青棱棱的。我緩和神色，略帶歉意地說，想點第二根菸時，發現打火機壞了，料到他有，喊了他。中年人真的有，還是防風的，順利點著。我問他，要一支菸嗎？中年人愉快接下菸時，臉上遲疑還沒退下，好像說著，怎麼是你喊我呀？

我與陌生中年人，在新公園一起抽著菸。沒話可說，索性就不說了。兩個男人站著，像一對至交，其實不知道彼此名姓，以後也不會再見。但是沒關係。我們懷著不同心事，如同祈禱一般，沒有事情可以打擾這一刻。

我彎腰，踩熄菸，丟一旁垃圾桶，拍拍中年人肩頭，道再見，往公司方向走。我直走能到總統府、右轉會到武昌街，但這時候，我只想快點回公司，庶務多著呢。編務、會議，以及流言到處流傳，尤其到了網路時代，我坐不改名、行不改姓，極容易被找著的，微信、臉書以及信箱，常常都是信。有認識跟不認識的人，寫信給我。

中年人會默默目送我離開嗎？我無法規範他的眼睛，該是方的還是圓的，只忽然想了起來，許兵，是不抽菸的。

武昌街一段
Wu Chang St.
Sec.1
42 14
41 30
風調雨順環境求永續
復國淨土城隍賜福

臺灣省城隍廟

臺灣省城隍廟
國泰民安社會
限高
4.5米
4.5m
茗茶
TenRen's
TEA
明星咖啡西餐
明星西點麵包
玉佳屋
福州大餛飩
沅陵街交通管制
車輛請改道

你也來了

開封的影像

「開封街」曾經聲勢震響，與它販賣攝影器材關係不大，而與金超群主演的《包青天》有關。它的主題曲人人都能哼上幾句，「開封有個包青天，鐵面無私辨忠奸」，戲劇與歌曲透顯古典的哀涼，政治清明常是奢望，百姓冤屈得賴清官來雪，它的一紅、再紅，彷彿述說人心一暗、又暗。

戲劇火紅時，開封街沾光，許多戲迷特地來會，到了才發現，此街沒有包青天，也沒有包青天的廟；開封街與博愛路、漢口街，構成台北市規模最大、也是全台灣最密集的照相器材街，玩攝影的朋友都稱它做「相機街」。

如果要我羅列二十一世紀生活的幾個重大改變，我肯定得把影像的取得難、易，記上一筆。在我的成長年代，拍照是不得了的大事，記得有回親戚從台灣回金門，帶了台相機，經母親央託，答允幫我跟弟弟拍張照。母親急忙趕回家，我恰在屋子後邊玩耍，聽到母親在屋內大聲嚷我。母親的喊聲在屋內迴盪，不待我回應，已經竄出門外，我正好跑近屋子側門，還不待問，她已急著要我更衣、換鞋。

我趿上過大的皮鞋，與弟弟站在屋後，雙手下垂，十指伸直，渾像罰站，靜待拍照。母親沒有走進照片裡。她開心，又不好笑出聲，我看著烏黑的相機，忘了是誰幫忙留影，但記得母親的眼眉，彎成弦月。日後再看到照片，母親不在裡頭，我卻總能看到母親，笑得滿滿的。

留影與記憶，成為很有價值的事情，「相機街」成為目睹的證人。在日本治理的殖民時代，一台相機抵過一棟房子，拍照是有錢人家的專利。開封街位於「台北城內」，與政府機構、媒體為鄰，加上鄰近便捷的台北車站，帶動區域發展，成為照相器材行的核心地帶。

數位時代來臨前，我曾有過一台單眼相機、一台傻瓜相機，都在「相機街」購得。柯達底片和櫻花底片等，曾經是生活的要角，透過電視廣告、街道店招等，大剌剌住進我們生活。我在青春將至的時分，都得學會如何安裝底片、轉動快門。如果旅行在外，為了多拍照片，更得學會怎麼「摸黑」取出膠捲，免得底片曝光，把旅遊、把心愛的人，都一一蒸散了。開封街與「青天」無關，而跟歷史氛圍連結了，故而，沒有包青天的開封街，確實又擁有它的青天。

到我有能力購得數位相機時，已是二十一世紀初，上班的重慶南路與開封街交會，下樓、步行幾分鐘就到。以開封街為核心的「相機街」面積不大，但這不是面積問題，也無關店家多或少，而是「數位」時代剛剛來臨，怎麼揀選一台適合的相機，實屬萬難。一是它貴、二是它重、三是它神奇莫測，拍不好，竟然可以刪除，重新來過。

我羞怯地踏進一家又一家的相機店，裝作無事參觀櫥窗，每一台相機我都想要，雖然知曉時間只有一種，但彷彿相機不同，便能看到不一樣的時間。我買了一台四百萬畫素的相機：方正造型、金屬機身，滑動機蓋開機時，藍光ＬＥＤ閃爍，鏡頭同步開啟，非常炫眼。

沒幾年，它被時代汰換了，當年的輕薄已不輕薄，刪除重拍已是數位時代的基本常識。二〇〇八年，我登爬台灣高山，為了減輕負擔，且舊機電池漸漸無以續航，我下決心，又去了趟開封街，挑了款機身輕薄的相機。後來這幾年，是數位相機的黃金年代，我為了更好的影像掌握，添購單眼數位相機，下班時分的開封街，它的每一個店面都像快門，拍下光影、掙入金錢，無以知曉匆匆數年後，集通訊、拍照、攝影與社群功能的手機，接收龐大商機，相機營收大幅衰退，開封街等照相器材行，必須連同一氣，老店翻新，不單兜售硬體，也推銷個別服務。我因地利之便，目睹開封街，從它的盛世，走進另一個盛世。

無論是首購、二購以及再購相機，我總好奇照相器材從業者，能否知曉他們的工作不單是光影的逼真呈現，而是關於記錄與失去，對於亡逝的不停召喚？這行業似與消逝無涉，他們所銷售的任一台機身，不管輕薄與厚重，都遠遠超乎畫素多寡、討價還價，而逼視生命的內在了。

我曾為文懷念外婆，舅舅來訊，沒有多說，只附上連結文章的網址。不說的說，經常說得更多。我沒有回訊，但想起可以給舅舅另一個連結，一個生與死的連結。那一年，外婆往生前，我與母親同往探望，舅舅恰好也在。外婆高齡九五，中風且失智，母親不停跟外婆說，我來看她了，希望外婆能喊一、兩聲我的名字；好像我的名字也是明證，證明外婆好了、不久後能下床了。外婆沒開口說任何一句話，她點頭微笑，像在說她都懂，謝謝她的女兒、謝謝她的兒子，也謝謝我。外婆的微笑那麼地軟，我跪在她跟前握她的手時，淚也軟了。我不想外婆看到我流淚，起身走到外頭，盤桓了好一會，想起我帶了相機，可以拍照、錄影。

我只錄製了一段，短短十五秒，那是首購的數位相機，最長的錄影時間。

我找到記憶卡，存取無誤，寄檔案給舅舅。它還在嗎？它在哪裡呢？還好，我的第一台數位相機就在抽屜裡。它的機身底下有張貼紙，註記銷售時間與店名；註記著鏡頭開啟後，它的所見、所聞，都將超越一時、一地。因為這段生、死紀錄，每回經過開封街，我都心情肅穆。每一個快門，它們其實都不快，而是很慢的、愈慢的，看過我們。

沒料到幾年後，舅舅寄了這段錄影給我。沒有訊息、沒有表情圖案。舅舅忘了，是我錄製了影像、是我寄給他的檔案。我就當作初次看到它，點開它，然後，把當時忍住沒流下的淚水，一口氣，都流開了。

點潮汐

開封街受到網路購物興起，生意稀釋不少，它的重整計畫是讓店招有了規範，透過整齊、有活力的招牌跟顏色，讓大家知道哪些區塊是屬於開封街的影像版圖。這不是獨創，大溪老街甚至遠至金門的山外、沙美等，都有類似處理。一般是由社區委員會涉入，沒有特色的村落跟社區，從地方的人、事、時、地、物等挖掘，繼而聚焦營造。對於

開封街這款老字號商圈，特色儼然明朗，只待細節滲透。

對我、一個平凡的消費者來說，「開封影像街」沒有夠大的賣場以及對應的資訊，一直引以為憾。每次有需要，比如買新的器具或維修，都必須一家一家地問。多數店家因進價不同、管道不同，常常不貼上標價。差額不大。雖差額不大，然店家都神祕因應，倒使得不大的差額，彷彿一筆可觀的利潤。有一回帶兒子買了顆標準鏡頭，銀貨兩訖後，仍禁不住問孩子，「哎呀，會不會買貴了？」

三千元不到的鏡頭就算買貴了，只是幾百元差價，但在買賣雙方，都是一個疙瘩。

閱讀，在三民書局

我喜歡安靜，唯一喜歡的不靜，是在三民書局。

三民書局每個樓層都架設電扶梯，啷哐啷哐雜訊流轉，最初讓我難以接受。我在一樓逛教學用書，噪音從樓體後半部傳出。我偏頭，瞪電扶梯一眼，這是甚麼亂糟糟奇想，讓整個書店動盪不安？

我到二樓，翻閱理財書籍，電扶梯在左邊，有人或者沒有人，電扶梯一階一階，不斷沒入深邃的地板，我不禁怨歎，電梯真老舊，地鐵的、百貨公司的，都比它安靜多了。

電梯的啷哐啷哐，全面接收三民書局，隱藏細碎的談話、掩蓋了走動與書頁翻動。一度讓我以為，電扶梯是在馬不停蹄地閱讀著。

那一天，我坐在二樓閱讀區，聽著唧唓唧唓，趕過另一個唧唓唧唓；聲音追逐聲音、閱讀追著閱讀，而我呢？當我把電扶梯當作一則學習啟示，我還是瞪了它一眼。它面無表情，一階滑過一階。有些東西被消化了，有些東西被還原了。可它依然是電扶梯，你、我、他，都能站上去，跟著唧唓唧唓，前往上一個樓層。

三民書局是重慶南路老字型大小書店，一九五三年創立，比我長期主編過的《幼獅文藝》還早一年。電梯則在一九八八年設置。那年代，凡事都以國家民族掛帥，我揣測，創立於斯的「三民書局」必定是向國父以及「三民主義」致敬了？事實並非如此。三民書局身兼出版社與書店，創辦的宗旨在「傳播學術思想，延續文化發展」，由劉振強、柯君欽、范守仁等「三個小民」集資創立，故名「三民」。

它的學術聲譽，我早有耳聞，不少台灣頂尖學者的論述都假三民書局出版，最讓我吃驚的是三民書局習慣以「買斷」方式處理版權。有次飯局，曾聽聞某教授研究張愛玲的專論集，以近百萬「天價」，「賣」給書局。我不由得想像「買」與「賣」、「買斷」與「賣斷」？

「賣斷」的意思是版權從此歸屬出版社，作者無權代理任何版權售出，若本人大量徵用，也需出版社同意。像把親生孩子過繼給人，以後要探視，還得出版社批准。「斷」的撕扯，很糾結；「斷」的誘惑，也糾結。我曾於二〇〇六年於三民書局出版散文集《荒言》，劉再復老師作序，編務進行時，主編忽然一問，「這本書，出版社有意買斷，您覺得呢？」

我非常驚訝。《荒言》按一般方式結算版稅，不過幾萬元，買斷卻得多出五、六倍，他們是看上了書籍的哪一個點，認為它擁有賣座實力或「典藏」價值？

我擔心出版社誤判，讓它賠更多錢，另對孕育十年的散文集念念難捨，婉拒「買斷」以及「賣斷」。無論是哪一種「買賣」，我都跟三民書局結緣了，以作者名義到書局購書，可享作者優惠價。我常從上班處，過對街，走進啷哐啷哐作響的三民書局。重慶南路大量書店更換營業內容，旅館、餐飲、雜貨跟服飾等，三民書局屹立不動。啷哐啷哐地，它像火車，進化為動車，再變身為高鐵，堅守傳統店銷外，並以網路、異業平台等，多元並進。三民書局是起站，又是中繼，希望它永遠不要到站，就像做學問、就像一階一階沒入的電扶梯。

成為書局作者之後幾年，我以「作者」之故，常應三民書局之邀演講，足跡遍布台灣北、中、南，有針對學生，有針對某區域的國文科老師。編輯們的措辭很客氣，多說是學校久仰我文名，託付三民書局代邀。我應三民書局邀約演講的場次至少十幾場、編輯輪番具名邀請的至少五六位，僅有幾位見過，且留有聯繫的，並不時針對音樂、文學等，交換意見。還有一個額外收穫是與或北、或中、或南的各區業務代表聯繫，到車站或高鐵站載人是家常事，有幾回約在住家巷口，備上飲料與餐點。我們的相處短暫，一來一回，半小時或者一個鐘頭。我念念不忘一位年輕業務員，語帶感激地說，三民書局是他的另一個家，他們不知道的是，他們把家的溫暖，也傳遞給短暫相處的人。一般咸認的「業務」特質是油腔滑調、善察言觀色，但三民書局的業務代表們，給了新的註解。

閱讀，在三民書局

三民初始是「三個小民」，歷經多年興整，劉振強與公子主導經營大權，年輕業務員對教科書業務，未必有興趣，但三民書局為大批新進同仁，在中正區、蔣介石紀念堂附近租賃房子，並供應三餐。三民業務同仁的說詞讓我想起戰國時代的「養士之風」。

六〇、七〇年代，台灣不少南部人，離鄉背井北上打拚，大批藍領階級，寄居鐵工廠與車床工廠。我曾在暑假打工時，趕上藍領王朝。粗礪的鐵梁成為工廠支架，大一點的廠房，八根或十六根鋼筋等，蔓延而出，也是壯闊；規模小些，就鋼筋四支，扛起石棉瓦，底下架車床、鑽孔機、老虎鉗等。除了早餐，老闆供應午餐跟晚餐，有幾位學徒放工了也不走，在簷下架屋，橫擺樓梯，到他們的神祕居所。

所謂的住、辦合一，廠房即住家。資方可以掌握勞力，防止傳授的技術外流，從另一邊看，也給予離鄉的人，暫時的從容；尤其青春怔忪，前不著未來、後不著故鄉，他們在鐵皮下，枕著另一張鐵皮，至少那層鐵哪，除了鏽味外，仍是一塊鐵。

有幾回，正式的學徒擱好樓梯，爬上空中閣樓午睡，我真想循梯而上。我沒上去，趴坐蔭涼處小睡，等待下午開工。一開工就是陣仗了。車床軋軋響，啪搭啪搭；鑽孔機唧唧喊，深入每一個鐵塊，厚的、薄的，都不放過。短短月餘，我唯一的藍領工作，老闆與學徒分屬勞資，又如結盟兄弟。

但這些，都屬於上一個世紀了，沒料到三民書局仍在「養士」。後來又聽聞，房屋屬劉家所有，特地隔成幾人合住的套房。「士」，能養嗎？尤其這當下，人心常浮，很可能作育了人才，卻不在自家結果。春秋戰國或當代，養士者除了財力，還得有胸襟；楚人失弓，不需是楚人得弓。

有位業務代表，不提春秋戰國，而帶我觀察「戰國台灣」。在他的觀察下，台灣政治內幕多，他像偵探，推理政治人物的因果，不知道他的細密觀察，能否是一種「養士」，增加三民的業務實力？下車，我搭高鐵，行進間，車子唧哐唧哐響，它帶我從南部、從中部，回到台北，它也像是哪裡都沒去，怎麼跑，都仍在軌道上。

到底，是誰跑得遠一些呢？高鐵、還是三民書局那一階一階，把你、我跟他，一起載往樓上的輸送台階呢？

我喜歡安靜地閱讀，唯一喜歡的不靜，是在三民書局。它動盪得像一輛列車，啷哐啷哐地，在每一處的歷史跟空間，都設了站，而且壓根不管，誰上了站、以及出站而去。

點潮汐

《天下雜誌》定期針對台灣企業進行縝密觀察，發表百大企業排行，入榜者視為極大榮耀，我非「天下」，若容我挑選最值得信任的出版品牌，三民書局必然名列前茅。我對三民的「信任」來自出版以及活動。

我曾在三民出版散文《荒言》，自此成為它的作者團，常受邀赴各校演講，到屏東有屏東的接待、到北區周邊竟一早已到我家巷口待命……他們的鄭重，真會讓我自我感覺良好，自以為了不起了。演講是三民校園服務的一環，無論北中南，他們的接待幾無「標準差」，把「人」作為一項變數的機率消解化了。

因為演講，認識三民書局編輯，有次提到我的散文《一百擊》有「遊戲性」與「裝飾性」，編輯答覆，「『遊戲性』是有的，但並沒有很認同『裝飾性』……您的散文不容易讀，字與字、句與句，得轉了好幾回，才能真正進去，但進去了卻又不一定真正能接收到情感，或者只是站在外頭觀望。好像帶著水氣，氤氳的薄霧感。」

我擔任主編，長期扮演閱讀心得提供者，在三民，卻老老實實當一個作者。赴三民的演講約，像一趟文學郊遊；聽三民的編輯說，字字都像捱著肩。

有回收到三民書局從臉書發來的邀請，「李長霖」，好熟悉啊？禁不住一問。他說，「我們在九歌四十週年慶見過，你到苗栗演講，還是我過去載你的……」

我在苗栗途中，食用他為我費心備上的便當，記得一飯之緣，卻忘了給予的人。我抱歉復抱歉，對方很快移轉話題，解除我的尷尬。

介壽路上的情書

我並未意識到自己在等。

我坐在戲院鬆塌的椅子，眼睛微瞇。觀眾陸續走進，持可樂、零食，徐徐入座。戲院的燈光像霧後月色，有一點昏黃、一些矇醉，彷彿它必須營造夢一般的色彩，才合乎電影的本質：「如真似幻，似假還真」。我還有一個「小人心思」，戲院若不把燈光調暗，飲料汙漬、陳年口香糖殘渣等，都會一一入目。燈光把它們都抹化了，如同再過一會，它要用喜劇、悲劇等，讓我們又笑又哭。

燈光暗了，代表電影即將播放。電影院時常充當政令宣傳據點，六〇年代播放「禁止隨地大小便」，七〇年代宣導「遵守紅綠燈」，八〇年代推廣生育政策——「一個不嫌少，兩個恰恰好」。再來是電影預告，忽然竟打出了「本片開始」的字幕。

我推了推同伴手臂，狐疑問，「國歌呢？」我習慣等待〈國歌〉，為一部電影啟動。那時候，喝飲料的、嚼零食的，都得趕緊起立，等待〈國歌〉唱畢，才能安座，享受一部電影。我會跟同伴說，「注意看喔，國歌裡頭有兩個景點，我曾經去過。」我語帶炫耀、榮耀，彷彿我也是歷史的一部分。

台灣的〈國歌〉是「中國國民黨黨歌」，它的前兩句是，「三民主義，吾黨所宗」，造成政黨的認同問題。在跨年活動，尚未成為人潮、錢潮的大匯聚時，台北、高雄與台中等城市，都沒有跨年活動，而由元旦升旗典禮掛帥。二十一世紀以後，跨年奪了元旦風采，但升旗依然辦理。有一年，為鼓勵民眾參加，人氣尚旺的國民黨祭出參加者，贈與國旗圍巾等文創產品，各家媒體爭播民眾排隊、熱鬧領取贈品的畫面。

媒體還促狹地捕捉國民黨之外的政治人物，會跟著唱〈國歌〉嗎？

很多政客避唱〈國歌〉前兩句。〈國歌〉歌詞第一句是「三民主義」，又被稱為「三民主義歌」。歌曲先有詞而後有曲，歌詞又叫「黃埔軍校訓詞」或「總理訓詞」，是孫中山在一九二四年六月十六日，黃埔軍校開學典禮上發表的訓詞。

就讀國小時，老師曾說過〈國歌〉的軼聞，情節是〈國歌〉參加某項國際比賽，且打敗各國，以優美旋律獲得「金牌」。事在七〇年代，中國與台灣國力都羸弱，〈國歌〉得金牌，不失為民族士氣的鼓舞。不過後來發現，〈國歌〉獲得殊榮是真有其事，不只是民族自信的打氣機。一九三六年，奧運在德國舉行，希特勒深信最優秀的民族自是日耳曼人，連國歌也不例外，強力安插國歌競賽。揭曉後，卻是當年遭受列強荼毒的中國獲得榮耀。但又有一個說法，獲得金牌的是振奮人心的〈國旗歌〉，而非略顯沉悶的〈國歌〉。

無論是哪一曲，至今都退出它們的舞台。最先取消看電影前唱國歌慣例的縣市是宜蘭。一九八八年，陳定南擔任宜蘭縣長，廢止宜蘭縣電影院播放國歌，其他縣市紛紛跟進。我太久沒進戲院，不知它席捲全台，看電影不須再高唱，我也遺失〈國歌〉畫面中，自己曾佇立的兩個場景：一是金門太武山，蔣介石題字「毋忘在莒」，再就是介壽路，民眾搖旗吶喊參加國慶活動的集合地。

介壽路上，正對著「總統府」，國慶當天，由學生近萬名，戴上綠帽與紅帽，排列成「中華民國萬歲」等字樣。要不是高中時，就讀北市學校，被派與戴帽子排字樣的集體任務，我不會知道，字是這般排成的。往昔在電視上看到偌大的字樣，都好奇那是怎麼回事？是漆上的？是電視用後製技術，剪貼上去？原來那些字樣是動員學生上萬名，「站」出來的。

我們興奮地戴上「綠帽」，除了得以參加盛會，再是隔壁站著的，恰恰是台灣女子高校最高學府「北一女中」，更好運的是第二女子學府「中山女中」緊接在後。這兩所學校當然得特地加上下引號。我就讀南港高工重機械修護科，屬工業職業學校，它的目的在培育藍領階層，機械、車床等行業，非常符合七〇年代台灣產業發展需要。操作機械等器具都會接觸髒汙油品，雙手時常黑黝，也被稱為

「黑手」。高中時，青春萌動，聯誼時常有之，但絕對不敢「癩蝦蟆想吃天鵝肉」，邀約北一女、中山女中，甚至街上、車上碰到，都會自卑閃避，而今國慶時排字幕，雖離前呼後擁甚遠，但站在同一條路，且為數眾多，不免醺醺然。

沒有人告訴我們，讀書優劣只是成功的法門之一，我們被馴養為堅貞的勞工，吃苦當吃補，人人期許當社會小小的螺絲釘。而今，螺絲釘旁邊，花朵們亭亭玉立，一股激昂在介壽路上、在青天白日滿地紅的旗幟下，一一炸裂了。第一天排練，已有眼尖的同學瞄準清麗可人的女學生。第二天排練，同學已經備好情書，遲遲不敢遞交。最後一天了，閱兵台前，來自四面八方的花車整齊經過，我們站在紅傘、綠傘交錯的隊伍中，看不到壯觀行列，但透過氣氛、透過司儀字正腔圓且高亢、激昂的介紹，一顆心，跟著燃燒了。然青春吾輩，在傘海下，還燃燒著愛情的渴盼。

那一天國慶日，對寫好情書的同學來說，也像世界末日。錯過今天，再難遇見。我們發揮團隊戰力，讓同學脫了他的綠帽，舉高他的帽子，免得字幕有了瑕疵，適時把風，讓他潛逃到北一女陣地，給心儀的女孩一封情書。那不過在七、八列外，五、六公尺遠，我們看得清楚，女生怎麼地吃驚、抬高臉，當作甚麼都沒有看到。同學的背影定在一處，非常石頭、非常死寂，大約呆了三、五秒，默默退回陣地。我們當作甚麼都沒有看到，不再去問。

我直到而立之年，都還為「口吃」所苦，男女生談情說愛，少了一張能說的嘴，跟感情圈始終遙遠，何況是在懵懂的十七歲？我拍拍同學肩膀，也無法多說。示愛未果，同學很快力竭，慶祝活動長達三個多小時，學校教導我們累的時候，腳趾可以一屈一放，釋放壓力，但同學很快頂不住了，我們輪流幫他，舉高綠色的傘帽。

同學休息了一會，站起來，接過他的帽子，再不望向北一女陣地。倒是我偶爾偷瞄一下。綠上衣、黑裙子，素淨雅麗，雙眼水漾，脖子上有一點黑痣。散會了，同學情傷稍退，我們恢復同學本色，搜他身體，找那封情書，「親愛的北一女同學，很希望認識你，你的綠色衣，讓我想起向陽中，茵茵草尖的一點微露……」

原來情苗，能讓黑手，把他的烏黑都洗淨了。

我上班處與介壽路，不到百公尺，每回經過，都要回想一遍當年的情事。「介壽路」由來，是為了向蔣介石祝壽，一九九六年三月二十一日，陳水扁任台北市長時，介壽路更名為「凱達格蘭大道」，以命名正式掀起台灣本土風潮。

不管這路是甚麼路名，這路啊，依舊筆直，但它所經歷的曲折與故事，更勝一場電影了。

點潮汐

當年有機會在「介壽路」戴綠帽、排「中華民國萬萬歲」的少年們，至少都四十開外了，吾輩則過半百，每逢經過排演的現場，往事歷歷在目。難怪稱作「心房」，想起從前，發現它依然慌張、羞羞地跳，它的隔間中，也住著好多人事物。

久站疲憊，如何又能站得更久？我在日後許多場合，跟朋友分享文中所說的祕訣，腳板子伸、縮，即可降低疲勞。當意識到腳板運動時，一部分的注意力就不在疲憊上，這一招，遂有生理與心理的雙重內涵。

是介壽路也好、是凱達格蘭大道也罷，在這條大道上有愛國行動、自力救濟，以及各種訴求的靜坐。活動過後，路又乾乾淨淨，帶著點無情、疏離，不干己事的模樣。

其實，一切都發生了，生、老、病、死，以及榮耀與恥辱。

劉銘傳開火車

曾讀過一則介紹劉銘傳的作品，為文者站在兄姊的立場，寫給小朋友。他的腔調有一絲驕傲，提到劉銘傳在一百多年前，擔任台灣首任巡撫，奠下現代化基礎。作者用「不能不知道的台灣歷史」為劉銘傳開場。我也曾借用類似開場，介紹主編多年的《幼獅文藝》，提到雜誌的命名者是台灣的總統，而且，是我們依然懷念的總統。

不需要猜第二回，大家都知道是蔣經國總統。那麼，之前與之後的呢？

我感到羞愧。不僅在於歷任者的表現，更在於他們的出場都帶虎威，大有山林稱王之勢；後來證明，他們連豹也不是，都當回了貓，而且都是流浪貓。當他們是一隻虎而被期待，或是一隻貓而被放逐，我都參與了。數十年中，台灣社會、經濟，以及更多的個人，都經歷了由虎而貓的退化；沒有利牙只有快嘴，沒有核心只有分裂。這時候，再細數台灣歷史人物，比如劉銘傳，不免又緬懷、又是傷悲了。

劉銘傳成為台灣首任巡撫，也有他的傳奇登場。曾國藩積極物色人選，李鴻章推薦三位代表，約好於曾府面談。人都齊了，曾國藩不出面待客，躲在門簾後頭。兩邊都在等。廳堂裡的客人等主人出場，準備大談治台理念；門簾後的主人在等，要看誰，更能夠堅守，一如農夫守候播撒種子；如果春天沉默地過了，還要讓種子等待下一個春天，直至發芽？

兩位書生等得不耐煩，抱怨連天，劉銘傳則安靜地欣賞牆上字畫。曾國藩看夠了，知道誰是理想人選，以字畫當考題，劉銘傳對答如流，被推薦為台灣巡撫。

百年後，最直接讓人想起劉銘傳的，莫過於以他名字命名的「銘傳大學」。劉銘傳的嫡孫女劉德齡在台北市圓山開設「銘傳育幼院」，後迫於各種原因無法維持，由包德明接手，改建校舍，沿用「銘傳」作為校名，紀念劉銘傳於清末治理台灣，敬先賢，並以之為典範。

在我成長的七〇、八〇年代，「銘傳」尚未升格為大學，而是「銘傳商專」，以會計、簿記聞名企業界，成為公司行號優先聘用的學校。不少國中畢業生選填專科時，都以「銘傳」為首選。關於社會化的種種，是日後漸漸聽聞，當我還是高中生的時候，「銘傳商專」的學生代表一種理想。

說起來難為情了，我生平見過的第一回嫵媚，是在擁擠的公車上。一名女生安坐公車後邊。乘客上上下下，車子走走停停，她在其中、又在其外。車行顛簸，她像多了一層空氣，讓所有震動減半了。這像一場魔術，向我解說所謂的「優雅」，是江湖行走，而不染塵。我還看到了嫵媚，不為他人而為自己芬芳的靜謐，一款很綠的清涼，以及她繡著「銘傳商專」的制服。

我當然不知道女生姓名，她的來處、去處？只是人生走走停停，記得一些又遺忘一點別的，而關於一次行進、關於連逗留都算不上的逗留，卻被我留下了。

我上班的重慶南路一帶，正是劉銘傳擔任巡撫的活動居所。當時台北火車站設在北門與大稻埕的接壤，製造槍砲子彈、鑄幣跟維修鐵路的機器局，在塔城街，是台灣第一個現代工廠，以及現代工業的起點。我從公司步行十分鐘，都可以到。北門街（博愛路）和西門街（衡陽路）是當時城內的重要幹道，鋪設石板和卵石，裝設路燈，走在時代之先。衡陽路與重慶南路交會、博愛路則與重慶南路平行，如果這在百年前，我的上班地，該就是某一處府衙了。

劉銘傳期許自己，「以台灣一隅之設施而成為全國之模範，以一島之建設基礎，增益國家之富強」。他的期許不是口號。一八八五年，在台北大稻埕創辦西學堂，是台灣第一個新式學堂；一八九一年，基隆、台北鐵路通車，成為全中國第一條運客鐵路，這是劉銘傳最為後人稱道的功勳。二二八和平公園入口右邊，布置了間火車頭展覽室，每隔十分鐘，「騰雲號」火車頭嗚嗚地鳴笛。它們的任務已經盡了，它的汽笛聲，是召喚、也是提醒。一輛哪裡都到不了的火車頭，到了台灣的各個角落。

劉銘傳一生軍旅。咸豐四年（一八五四），李鴻章創建淮軍，劉銘傳年十八，被鄉人推為團練長官，招募的兵勇稱為「銘字營」，成為他征戰的箭頭。劉銘傳協助李鴻章壓制太平天國，隨曾國藩、李鴻章鎮壓「捻軍」，他半生戎馬，最被人詬病書讀得少，但其很快建立了西學中用知識，曾在光緒六年（一八八〇）上書建議修築鐵路，一八八四年中法戰爭，督辦台灣軍務，再提出十項整頓海防建議。讀書可以獲得知識，而識見，則必須閱讀一整個時代。這是我對劉銘傳的最大好奇，這也是他對台灣的最大創造。

劉銘傳清理賦稅、發展交通、推廣農業、設新式學堂以及建構電燈、電報，被尊為「台灣現代化之父」。細數劉銘傳生平，兵馬一生六十載，在台灣不過短短六年，但台灣人提到他，都忘了劉銘傳祖籍安徽，都當他是台灣人。

這便是當下台灣深陷的泥沼了，不問貢獻、只問出身。如果百年前，劉銘傳赴任台灣，帶著安徽與台灣的二分法，不認同斯土、不體恤斯民，他就算擔任台灣「首任巡撫」，也沒有意義了。

二二八和平公園立有劉銘傳紀念銅像，距離我上班處更近，走路只要五分鐘。八角亭裡，有銅像、遊客與學生。我有點了解立銅像紀念的意思了，過往的、當下的，以及近近的樹跟遠遠的天，它們都在一個時間軸上。走過的、經過的，有的留下，有的被塗改；而塑像是證據，為文介紹劉銘傳也是證據。

那該有名字、但沒有留下名字的女孩，也是證據，銘刻著我的淡淡青春；而且，我跟她一起在公車上，至今都沒有下來。

點潮汐

我在二〇一六年冬初曾訪安徽省肥西縣。此境有何殊勝，值得一訪？劉銘傳故居也。

那次拜訪我有幾個感受。劉銘傳作為台灣省第一任巡撫，被中共放大重視，故居、墳墓，都特別修繕。劉是「外省人」，但對一個有貢獻的人，誰還去分本省、外省？我還感受到一種奇妙氛圍，雖是兩岸交流，但主管事務的中共窗口單位似乎疲乏了。形式多、內涵少，經我私下問，許多安徽作家根本不知道劉銘傳，經過官方口徑的傳播才漸漸知曉。

也不奇怪。劉是安徽大員，後來且衣錦還鄉，畢生功勳都在戎馬上，外駐台灣始施展長才，但台灣與安徽多遠？在台灣的施政好，與老家有甚麼關係？

劉已是前朝，在二十一世紀，成為時潮人物，很多安徽人都剛剛認識他。

座談會上，淮軍、湘軍後代非常驍勇，言論自然犀利，有位詩人說台灣的詩作都很寫實，沒有新意。在人家屋簷下，我也忍不住嗆聲，「不知道這位發言的詩人，可曾讀過周夢蝶、洛夫與商禽……」

站在停止營業的書店台階上

很多「古典」正在消失。這是時間的魔術，只是變換時，發覺那不是戲法。

一九九九年五月，我擔任《幼獅文藝》主編，正式與重慶南路「住」一塊兒，它留置我的時間，只比居家略短，卻深刻影響我；我常說，「擔任《幼獅文藝》主編跟寫作，讓我真正長大。」擔任主編，讓我懂得職責，寫作則帶我探討一個又一個困難；都是正面交鋒，沒有退縮的餘地。肉身原來也是魔術，它如果只是衰疲、只見疲憊，就辜負了時間。

剛剛履職時，出版都還是老時代，一個編輯最大的資產，是掌握了多少作家的電話，「能給我龍應台電話嗎？」「能給我張大春電話嗎？」資料掌握者一律搖頭，而問甚麼事找龍、找張，「寫下來，幫你打電話。」美編還是手工業，得出相紙，在完稿紙上拼貼，一個版的設計與完稿，就得周全、果斷，少有餘裕拆搞、改稿。

我站在新舊交接。編輯每一天要聯繫打字行數次，打字行外務員送打字稿、校對稿，一位模樣俊挺的男子，一天出入公司好幾回，我剛開始不明就裡，以為他是公司同仁。編輯都要學會「割字」的基本功，發現零星錯字，在完稿上裁下錯誤的，並找到正確的字，黏貼好。它的難處是不能割損完稿。字，印在相紙上，相紙是字的一層表皮，如同手術，切割置換。那完全不同現在，美編在螢幕上直接改。

我喜歡拿美工刀，小心翼翼地，一劃又一劃。當裁切好了，我都誤以為，我發明了一個字。

公司規模近百人，電腦沒有幾部，只在角落擺置了一個長桌，讓有需要的人使用。進入二十一世紀，資訊化速度加快，所謂的「X

倍速」時代。公司迎上浪潮，從一個作業組別配備一台電腦，不消幾年，電腦成為每個人的辦公基本配備。作家專欄多數都用打字的，投稿也是，打字行的英俊外務員漸漸少來公司了，甚至坊間還存有多少打字行，都讓人疑惑。

就算是「打字」一行，也激烈變化。台灣屬於義務役，除了過胖過瘦、視力不良、右手食指殘缺，以及某些權貴動用不當手段，免除子弟服役之外，每一個男丁都需要服役。我擔任文書兵，平常得謄寫，代發公文。重要的公文以手工抄錄，顯得不夠慎重，於是我學會「打字」。九〇年代的「打字」，真正像在「打」字，在一個大滾筒上放置公文，滾筒下，是一大排倒放的鉛字。它們安放的方式多數根據部首，最大的困難是每一個都是倒立，我學著認識每一個個倒放的字。這像把世界橫放、像把窗當作了門，乍看這些倒放的字，會感到暈眩，仍必須克服不適，移動檢字的扣盤到正確位置，按一下，一個鉛字被舉了上來，「喀啦」一聲，留下字痕。

我打字速度漸漸快了，意味悲劇來了，常被領導交辦不屬於我的業務，他們常常安慰我，「打字要多練，以後退伍了，還可以開間打字行。」我當然沒有成為專業打字員，打字一途趕著經濟起飛，火紅了幾年，很快被電腦打字取代。用鉛字打字的、用鍵盤打字的，通常都是高職生，當打字聲不再時，他們用哪一種聲音，跟生活說、跟世界說，他們都在？

稿件數位化也有進階。我手邊留有幾位專欄作者的「磁碟片」，他們或寄或親送。有一回午休，我趴在桌上睡熟了，忽然感到不安，懵懵起身，見一個彪形大漢站我旁邊，「看你睡著，不忍喊你。」一相聲名家馮翊綱來交稿子。午休期間燈光都熄，他站在黑暗中，一個更深的輪廓浮了出來，我悄聲說，「暗嗦嗦的，很嚇人哪。」他遞給我存有文章跟圖檔的磁碟片。沒過幾年，磁碟片都發霉，新推出的電腦已拔除磁碟機，就算是數位，也會被數位追過來、趕上去，且不再回頭。

辦公桌不再堆積厚厚的投稿信箋，無論來稿多或少，它們都輕薄、甚至談不上輕或薄，都壓縮在收件夾裡，十萬字稿件或者三十行的新詩，都只占一個行列。卡片也慢慢失蹤了。聖誕卡、春節賀卡，零星的幾張，彷彿是幾個錯別字，儘管它們都來對了時候，算準郵遞的時間，在過節前寄到我的地址。

我站在重慶南路一段六十三號，建宏書局前，看到書局的拍賣廣宣，即日起開始，直到幾個月後，停止營業。儘管書局對外宣稱，「不是停止營業，是內部整修」。據說，書局將增添文創成分，加賣文具是基本的，很可能套用「複合式」經營，增加餐飲、桌遊等元素，但當它關上鐵門，再打開時，不知何年何月？若真有那一天，它也會跟現在不同。現在的書局，入口處左邊斜放商管、旅遊、養生跟文學等雜誌，居中一排陳列新書、暢銷書等，再往裡頭，書籍按照歷史、學術、醫藥、教科書等

性質分序。長久以來，建宏書局以及多數書店，都這樣打扮。原來這麼快啊，十年、二十年，已經構成某一種「古典」。書架是它的骨骸、斑駁的梁柱是它的軀幹、流動的書目是它的衣裳……

建宏書局停止營業，以及書籍拍賣，成為受矚目的藝文新聞，書局不只述說書局，述說了重慶南路從「書店街」，走到了另一個世界。它將變成「旅館街」、「飲料街」或者「雜貨街」？時代的替換，沉默而巨大，但在這一天，建宏書局因為拍賣，「拍啊、拍啊」地，它的台階傳來更多聲響。它們輕也不是、薄也談不上，聽起來都是一種熱鬧，搭配著櫃台不時傳來的「噹噹」結帳聲，竟有點節慶的味道了。

我加入隊伍，走進我習慣的書的裝扮中，很明白，這是我與它的告別。這一天，以及其後的一段小時光，會是它最後的戲法。我期待它的再度現身。因為一場完美的魔術，都得有關心它的觀眾。雖然十多年過去，我老了、疲憊了，但這一條街會是我的留戀，尤其當一條街，愈來愈像一條河的時候。

點潮汐

我居住的社區，有管理員統一收領包裹與掛號，解決信件無人及時領取的問題，不過，掛號信件領取還沒有數位化，得一筆一筆寫在簿子上。領取時，我挨近窗口，查看我的信件，並告知管理員編號，方便他快速找到。管理人員正著看、我是倒著瞧，但每次，我都可以比他更快找到郵件。管理員屢屢吃驚。我心頭嘀咕，「哎呀，我是練過的啦。」

服役時當文書兵，接觸鉛字打字。上千個鉛字倒著擺，停泊在一只大方格子上。那是一個任何字都倒著來的系統。

打字，以前是一個技能，現在依舊是，只是需求少，不像八〇年代，成為一個有規模的產業。

書店也是一個產業，雖然它一家一家地倒；我更關心的是，閱讀如果是一種產業，會有衰竭的一天嗎？

開書店跟打字一樣，有潮汐、有型態的變異，它們在匆匆數年間發生大變動，讓許多人失去備戰能力；還好文字沒有崩壞，用鉛字與用鍵盤打出來的，都一模一樣。

她在

這裡

她在這裡

我認真覺得，街道若是太乾淨，雖健康疏朗，卻沒有生命力了。

我曾於多年前，應台灣駐日代表辦公室邀請，前訪日本。傍晚與近午，主辦單位領著我們覓食。日本國啊，紅燈非常絕對，像有人拿刀，朝陽光轉動刀身，紅燈閃在那頭，像極了閃閃爍爍的威嚇。

我難以了解，優雅但近乎嚴肅的秩序，如何在一秒一天中，漸漸長了出來；還是出生時，他們施打的疫苗，有一支叫做「奉公守法」？這公民道德該敬佩、該學習，但左右無險，三步即可跨過的馬路，卻得等上一分鐘，是可忍孰不可忍。忍不下的只有我。同行作家以及過街的日本人，都放寬了時間的流域，從容靜待，彷彿他們過的不是一輩子，而是三輩子。

傍晚，一夥人依然魚貫覓食，我興奮揮舞胳臂，拍了拍同夥，瞧哪瞧哪。我蹲在紅磚道，指著壓扁的香菸袋，高興抬頭。台北街頭反過來，沒有垃圾才該驚喜。我以為街道、騎樓以及小巷，都該有一點垃圾。多了不行，像酒後的夜吐，穢亂、顏色難辨，但若只有一兩張傳單，踩、被踩、再被踩，傳單讓它部分的文字跟顏色，被磚塊的縫深深咬住了。用完的面紙袋丟一旁，最後一張面紙被抽去做了甚麼？擤鼻涕、擦淚，還只是番茄醬慌張擠出了？一只用空了面紙袋臨去時，也有著空、空的聲音。吸管沾口紅，斜插在半滿的瓶罐裡，擱在騎樓電話箱上，誰喝著飲品，為甚麼只喝了一半，就放著？吸管的頭端留有輕輕咬嚙，是哀或怨，肯定不會是歡。我看著口紅印與齒痕，那咬著，是一個女人的心。

街道的零星垃圾，像公園的花，不開在迎賓大道，擇在角落淡淡憂傷。每當讚美日本時，與日本打過交道的長輩會說，日本人啊，有禮沒體。意思是其表金玉、其中敗絮了。

我不喜歡太乾淨的日本街頭，也不同意長輩的一味抵銷。我在重慶南路一段上班，下辦公大樓右走百來米就是總統府，左轉接武昌街，前行五分鐘不到，可達中山堂。府與堂，都是日本統治時代遺留下來的知名建築。中山堂很長一段時間，是國民代表會議地點。總統府自然是總統上班之所，無論日本是殖民者或統治者都好，台灣、中華民國政府最高元首，在裡頭謀劃治國大業以及權謀，歷經兩蔣、李登輝、陳水扁、馬英九、蔡英文，大家對日本感情不同，但都在府前舉辦國慶閱兵。五〇、六〇年代是這樣，二十一世紀是這樣。想起來，也是不可思議。

不可思議之事，都由思議的人決定，很可能，電視與傳媒上的名嘴亂槍打鳥，有時真能射下一兩隻鳥，提供不可思議的一種思議。

重慶南路一段附近，號稱「博愛特區」，據說，是水、電優先供給之所，因為緊鄰總統府，規格高。然而擒賊先擒王，兩岸一旦有了糾紛，中共宣稱不惜武力統一台灣時，我認為，中共第一發砲彈擊發的瞬間，博愛特區瞬間變為博愛災區。我想像那個窟窿大約長寬一千米，以總統府為圓心畫一個圈，足以癱瘓台灣政經核心，而且，還僅是一發砲彈而已呢？

我第一回注意到騎樓下，神色闌珊的兜售口香糖女子，約在世紀末，朱鎔基擔任中共總理，怒轟轟抨擊台灣左傾言論，名嘴們上節目討論中共恫嚇伎倆，宣稱花仍紅、草還綠，股市一開盤，指數卻如土石流。我公司樓上是證券行，投資民眾出入頻繁。所謂的「菜籃族」並不真的挽個菜籃上號子，賺買菜的錢亦非所願，倒有諸葛孔明渡長江、舌戰東吳謀士之勢。賺錢固然緊要，證明自己眼光精準更是緊要。

股海茫茫，明燈自在，當自己當了明燈，歐吉桑拍拍菸盒，禁不住要彈出一支菸抽慶祝，想起室內禁菸，又倒了回去。歐巴桑甩了甩染得金黃的頭髮，不停以手撥捻，沾了薄妝的頭髮。這一天，歐吉桑不停倒轉菸盒，很以為那是流行一陣子的魔術方塊，翻轉幾回，就會出現魔術。歐巴桑更得甩髮，更得撥髮，彷彿不維持一種動態，而讓自己靜了，世界也會沉了。我偷偷走側面樓梯，上五樓證券行，大螢幕數字油綠，盯緊它們的人，都變成小螢幕了。大小、大小，沒有止境的對鏡，人愈來愈小。人的部分存在，或說大部分，是靠數字撐起來的，我也是，不用懷疑，這裡所有的人也都是。

油綠是安靜的，油綠也幾乎沒有風，沒有呼吸。但是，這是憋不住的。

他媽的，幹！有人比其他人更早罵出聲，不是歐吉桑、歐巴桑，是我的總經理，不知何時走樓梯上來，盯了多久的綠螢幕也沒人知道。我想躲，總經理魁梧的身影擋著樓梯。不管來不來得及，我急忙退後按著電梯，正巧門開，閃身進入。總經理像沒看見我，對著一片無風的草綠怒罵。電梯門關，還傳來總經理的幹譙。他媽的幹、他媽的幹，總經理詞窮，怎麼罵都是他媽的幹。電梯一動，罵聲愈來愈暗，整個都聽不到了，聲音還在我耳畔。詛咒比歡笑，更容易結繭，我想，希望明天或者下週、下個月，風暴能過去。而且根據多回經驗，裁開了黑暗的繭，經常就如旭陽，紅通通的可愛。

我無意下樓，卻下樓了，剛受了驚嚇，怕上去見著總經理。他似乎沒看見我，但是沒正眼看見，不代表正眼的餘光沒看見。正眼的餘光？該稱偏眼、還是偏見嗎？我不是無聊，而是擔心了。警覺到自己擔心時，猛一抬頭，卻見一名女子站在眼前。僅僅三十公分哪，一把尺的距離，我失神差點撞上，可她怎麼不閃？

上頭證交所，沉默是焦躁、幹譙也是焦躁，怎這女人一點事情都沒有？我幾乎撞上她了，她毫無退意。她縮躲騎樓柱子旁，自己也像柱子，安靜、沉默。如果這時地震，估計她的晃動頻率也像柱子。問題是——我不禁惱怒，她捧著一盒口香糖，一個兜售的人怎可如此安靜？發傳單的，至少得彎腰遞傳單，隨口道謝謝；賣牛肉麵的，常見夥計站門口，大聲說裡頭坐。重慶南路往車站走，會經過新光三越百貨，喜憨兒在人群等過紅燈時，憨憨喊著手工烘焙餅乾，一包五十；老婆婆穿梭人群，兜售一條二十元的青箭口香糖。可眼前女子，甚麼話不說，任何姿勢也不做，像我這樣的作家兼編輯，還得憂著總經理瞧見我上號子，這女子憑甚麼都不怕？

難道她沒看電視，不知道朱鎔基罵起人來，不像個中國人，更像高麗棒子？韓國偶像劇雖然好看，可在國際棒球與跆拳道等比賽，專門以骯髒手法坑殺台灣代表隊，有志台灣人，當拒用韓貨才是。我果真扯遠了。我想跟女子道聲對不起，見她神色闌珊，不像醒著，道歉的話也就吞了進去。

我回想，從那一天不預期撞見她，才開始留意街道有哪些人？做甚麼事？繼而一條街，太乾淨了也是不行的，像是宏盛帝寶所在的建國、仁愛路一帶，路兩頭至少五十米寬，寬闊的棟距，蓊鬱密布。我熟悉的基金會在帝寶對面十樓，我與宋姓董事長說，可以在此架設望遠鏡，偷窺以地溝油戕害台灣人民健康與自尊的頂新集團魏姓三兄弟、藝人小S，以及二〇一四年為問鼎台北市長匆促遷出帝寶的連勝文、蔡依珊夫婦……我嘖嘖地說，渾然認真。仁愛路壯闊、隱密性佳，造就台灣首富地段，這一段奢華之路，卻非常無聊。它除了稀疏的人、公車，就是上下課穿梭的學童。仁愛路上，它的落葉比人聲還多，它的蟬聲，只過著自己的夏天。

重慶南路就不同。從一段開始，走雙號這邊：開封街與忠孝西路區段，每年六月以前，近午滿人潮，持公司行號的股東會通知書，兌換禮物。兌換處擠在騎樓一隅，事務人員查單、撕單、兌換，事務簡單、也不簡單，撕單的力道劃上輪廓，愈撕愈俐落，引領亂呼呼的婆婆、嬸嬸與大叔，在六月，過自己的年。兌換禮品的絕少青年人，我挨著人群，排隊領取櫃台後邊擺放的醬油、肥皂、馬克杯等禮品時，都說以後不再來了，仍年年來。

我喜歡人氣。過漢口街到武昌街，會經過華南銀行、賴販賣民俗醫療品撐起來的書店。一家郵局關閉多年，小販依然聚集廊下。一名老乞丐倚牆而坐，戴眼鏡，不說乞討、不磕頭，跟前擺了個大碗公。往前是屈臣氏藥房，它的斜對面是三民書局。好些年前，有個男僧，穿黃袍、披紅袈裟，十一點站定位、午後兩點撤場，宏亮喊著「助人做好事，一元不嫌少」。總會有一個當下，某道場比丘尼，著灰袍，一步一跪一頂禮，經過男僧，經過消費者出入頻繁的三民書局。那像一株灰灰的百合，移動著它的花園，它若是走到了彼岸，也許是誰啊，會還給百合它的白。

比丘尼也在我這頭跪乞布施。剛出來的苦行者，跪在塵世俗節上了，便忸怩了，忘了是跪自己，一個無生無有的自性佛。慢慢就跪得老練，很自在的，比丘尼跪著經過騎樓，而「騎樓女孩」……且這麼稱呼吧，騎樓女孩默默盯著捧在胸口的口香糖。那彷彿，一個以折腰修練，一個以姿態修行。一個不動，一個動得慢，騎樓人多，略緩之、稍折之，如風拂樹、似石折水，樹依然樹、流依舊流。

我從世紀末，瞧著騎樓女孩到世紀初，從沒看過她賣給誰一條口香糖？我給了她一張百元紙鈔，拿兩條口香糖，趁女孩掏錢包找零時說，「你默默站著那兒，一句話都不說，誰知道你賣口香糖呢？」很可能女孩子沒料到，會有一連串針對她的聲音，給了她的耳朵，脖頸顯得顫抖。她幾乎就要抬起頭，對上我眼睛。但沒有，彷彿視線真是一條線，且是海平線，上升一公分都難。騎樓女孩顴骨高、臉頰細瘦，長髮，洗得刷白的牛仔褲、襯衫套背心，瘦、更瘦，接近薄、更薄，是不太需要依靠著甚麼，即能輕盈活著的女人。我嘀咕，所以一整年賣不出一條糖，也沒關係的囉？

我急忙說，不找零錢了，女孩頓住，不掏錢包，脖子定在一個點。從那角度，可以看到我漸漸發廣的肚皮。

我花好幾個禮拜嚼完口香糖。女孩依舊站在廊下。男僧在對街喊著「助人做好事，一元不嫌少」。我真想試試，真投給那只閃亮的銅缽一塊錢，僧人瞧了，臉色可會變銅了？三民書局廊下，還有一個老婦行乞，她從不抬頭；抬頭以眼神致謝的，只有武昌街雨傘攤販後邊，挨牆而坐的婦人。

公司資訊部門一位男性同仁，午餐時在牛肉麵館碰到我，端著麵，與我面對面坐。還沒說話就先笑了，「吳主編，聽說你跟楊小姐很熟呢。」同事眼神曖昧，聽得出來「熟」的不只是一碗麵，而熬成一鍋紅燒牛肉了。

「沒有啊，沒這回事。」

「楊」，我很自然地想著公司的楊姓同仁？很久以前，有位同仁叫做楊春蓉，我上班經過西門町，中華路與成都路口，多次看到楊與丈夫，手牽手相偕上班。我悄悄看著，本想當作不知道，還是忍不住故意跟楊開玩笑，跟那男子這麼纏，該不會是「小王」吧？楊笑得像個少女。我想，是那個楊嗎？沒道理啊，楊退休多年，新同仁不識得的。而且我能跟大十多歲的大姊有甚麼曖昧？

男同事嘿嘿嘿地說，「少來了，還裝？楊小姐很熟你呢。」我腦袋又兜了一圈，沒這隻羊，也沒那株楊。男同事不管我還在納悶，急著證明楊小姐真的很熟我。

男同事口述、或者該說楊小姐認識的我，是長這樣的：我啊，是啊就是我，有個姊姊叫做「大麗」，我很自然地被稱為「小麗」。男孩怎麼用了女生名？我母親曾連懷兩胎男嬰，都夭折，生下我後，有帶把的，趕緊讓我認了堂伯當乾爹，當女孩子養，一是女子命韌，二是佯騙邪神，希望我少災少厄，健康長大。

十二歲，我國小畢業後，與父母、弟弟一起搬遷台灣。楊小姐說我國中時，功課差呀，主要與迷讀一本小說有關。你知道《飄》嗎？有時候翻譯做《亂世佳人》，談的是美國南北戰爭時期，白瑞德與郝思嘉的故事，重點不是美國、不是愛情故事，而是郝思嘉有句名言，大約是明天會更好。我……我當時還沒長大，就稱小米吧，小米拿這句話當盾，代數不行、音標不熟、物理學不懂，都在心裡與郝思嘉微笑。

小米家居三重，大雨做，水土不保，黃水帶泥，一路從五股鄉噴吐而至。大地是一匹好撕的布，一劃，就跑得好遠。與小米同時代的早慧作家鍾文音，比小米早幾年居住三重，約莫住台北橋邊，那一排排低矮的房。小米七〇年代曾見的三重埔大淹水，都只到膝蓋，水過環河路，淹了正義北路。淹水，還原了一部分生活真相，被任意扔棄的豬腳骨頭、塑膠玩具、寶特瓶、毛茸茸的黑色塑膠袋等，都像洗刷了冤情，盡情浮出水面。浮出的，是不堪的道德與人心的臃腫。真正的大水，小米沒見過。這水，能把一個城市湮滅，同時也洗滌一回的。

大水後，鍾文音與玩伴再撿不到漂浮的雨衣、死魚與鮮豔的頭箍，發現廣場被刷洗乾淨了。廣場前，一座台子，被幾支柱子拱立著，平常這是玩躲貓貓或者一二三木頭人的地方，大水過後，人往高處避，沒有人走到淹漶處，惹得兩腳泥濘。也必須有伴，才有踩穩泥濘的勇氣。小小鍾文音，不到十歲呢，與女伴來到廣場。圓柱沒有崩毀的徵兆，反倒被水流沖刷，每一塊磚，紅、黃或咖啡，都透著春天的味。沒有男生，就玩女生自己的把戲，她們手牽手，圍著圓柱，繞著它，剛開始唱歌，後來沉默繞圈，彷彿祈雨，但不是祈雨。是誰呢？率先抱住了圓柱，涼的呢，胳臂內側；大腿內側，更涼的啊。是一個讓好幾個女生都冰涼的圓柱，抱著抱著，竟一團火熱。身體擺脫了意識。身體，不被此刻的她們理解了，身體是個神話，她們得到很多年後才知道，每一個人的肉身，都是神話，儘管未必都美。

她們不牽手了，各自抱著柱子，以最舒服的姿勢頂著柱子。她們不約而同，發覺必須半蹲著，讓淡淡咧開的女陰頂著一股巨大，柱子先冰著它了，然後給與熱、給與火。

楊小姐說，人家一本書，叫《在河左岸》，厚厚十多萬字，小米，也就是我，只記得一群小女生與圓柱的慾望之舞？楊小姐看著資訊部同仁，曖昧地笑了。

楊小姐又說起我的其他事蹟，責怪我糊塗，九〇年代出版情色小說，膠裝一枚保險套當禮物。噱頭足了，卻是飢荒的開始，在有個重要文學獎章，硬是拿不到九個評審中，過半的第五票。出版界大老，好多年後賴著酒勾起話題，直說我啊我，文學就不提了，但知道你是酒國好漢，單憑這點，早該與你熟啊，但遲遲不熟，你知為甚麼？原來就是這枚套子。套子是用過即丟的，但沒用過，可以保存很久。

當年風氣保守，買我書的人，肯定大膽不忌諱。讀者若期待小說腥羶色，勢必失望了。我為那群人委屈。大老又說，文學的宣傳得有文學的品性，下流了、不入流，都該死。

我惴惴不安，事隔十多年了，我無法甩賴，否認這般幹過，我愣愣地想，文學當然不會小於一枚套子，肯定大過它。我愣愣地想，文學與套子不能用大於、小於來討論吧。我愣愣地想，到底是誰啊，這位楊小姐？

同事轉述我的身家故事時，我當然震驚，隨後想，這些述說資料，我的散文、臉書與微信動態都寫過的，只要有心、再下點工夫，不難組合。楊小姐楊小姐，我心裡叨叨念著，不免感到得意了。定眼看著同仁，巴結地說楊小姐真的很厲害，很熟我呢，但是，我頓一下，到底誰是楊小姐？

換同事詫異了，楊小姐就公司騎樓下賣口香糖那位啊，曾看過你們有說有笑聊天。同仁與我所說的種種事情，最讓我驚訝的，莫過於揭曉誰是楊小姐了。忽然看到楊小姐朝我笑。她朝我笑時，頭也壓低的，露著蒼白的額頭皮，只能透過隱約的上揚嘴角，知道她在笑。

我不服氣，只買過一回口香糖，哪能算熟？最直截的，莫過於拉同事下去對質。我這麼想時，想起我連楊小姐的正臉都沒看過，然後我火爆衝下去，以她、以及她的陳述為敵？我不忍。後來在騎樓碰見楊小姐，好幾次我步伐放緩，還故意頓了一下，假裝張望天氣。楊小姐不知道同事已經全盤說了，非常無事地站著，捧口香糖，盯著它們，彷彿看透它們，就知道生命真相了。

還好我忍住了，因為不久後，另一個同事跟我說，楊小姐不是楊小姐，而是唐小姐。同事姓湯，名字裡頭有個美字，暱稱大美，茶水間碰到我，看到我正沖泡麥片，恍然大悟地說，唐小姐真是說對了。誰是唐小姐啊？正是樓下的騎樓女孩。唐小姐等於楊小姐，等於騎樓女孩。我臉色很臭了，上班日的早晨，誰不是一張臭臉？大美沒發現，接著調侃我早餐習吃餅乾配麥片，真省啊。我想，我在哪篇文章寫過早餐習慣嗎？大美倒沒說唐小姐多麼熟悉我，裝茶水後轉身離去時，補了一句，唐小姐說改天你要回高雄，可以邀她一起。我納悶，公司同仁多知道我故鄉是金門，怎麼這會兒變高雄人了？大美不慌不忙，唐小姐說你們是中山大學校友。我只得點頭。

我原來不是搞文學的，而是學財務管理，如果大美所言不虛，印證資訊部同仁所說的，楊小姐或者唐小姐，極可能是我在國小、高中、大學等求學過程結識的某一個人。而唐跟楊發音極像，很可能誤聽了。我回到座位。我每回發呆都習慣望向辦公室盡頭，一只咖啡色的鐘。何時該午餐、該下班，我側頭看一眼，心裡便有了底。早晨九點半，唐小姐還沒來，她真認識我嗎？掛鐘的左邊是茶水間，不時有人經過，背影漸漸小，然後左轉進茶水間；或者反過來，出茶水間右轉，先是一張臉，然後帶著上半身走近。通往茶水間的穿堂，一邊編輯圖書，另一邊處理教科書。我想起很久以前，圖書與教科書是兩種顏色。左邊聒噪、顏色鬧紅，右邊冷青、細聽彷彿洞穴水落。現在，兩頭的氛圍，不知不覺搭連了，我看了看鐘，隔這許久，才九點四十分？我盯了仔細，鐘停了。

我們發現鐘停，總在特殊的時間，下班、吃飯，咦，怎麼還是八點呢？要能目睹一只鐘的漸漸停滯，機緣是少了。鐘現在停了，並不會立刻更換電池，要等待一個契機，有人通報總務部同仁說，我們的時間停了。

我忍到了十一點，才下樓去找唐小姐。嚴格說，也不是找，而是去看。說看也不對，是偷偷瞧。我思酌著，究竟哪一個年代的同學呢？我就近在電梯旁打量。唐小姐長出好幾綹白髮了，我搔搔頭，台灣政局改朝換代如此激烈，沒理由只有我白了少年頭。我一陣驚，唐小姐左臉頰抽搐，抽動的部分跳兩下、抖兩下，像有自己的生命，又像一種訕笑。抽搐之後，她的嘴唇不自覺成了一個「O」，以及較小的「O」，是一個人學著嘟嘴，是一條魚學著呼吸。這個「O」，是一個兩棲類。

我想不起來唐小姐在前一個世紀的樣子，更無法在已經崩壞的這一刻，追溯她國小時綁過髮辮、國中穿過圓裙、高中娉婷玉立，到大學，則是走起路來都香甜四溢了。透過臉的輪廓、骨架以及姿態，我深信唐小姐曾是個漂亮女孩，可能是出生南部鄉鎮，後北遷都會的一員；或也住過三重、蘆洲，目睹水的淹漶與潔淨，圍繞一個圓柱，歌著自己不懂的歌。但是她，站在騎樓邊，甚麼往事與可能的美麗都不必管，只需看著胸前十公分遠的口香糖。

我想像，她轉過身，離開騎樓後，卻跟我的同事說她姓楊、她姓唐，而她所說的，關於我的事竟都是真的。比真更真。因為許多許多，我都忘了。

我沒有貿然去認、或者詰問，我想，就當作她是，自己不小心遺忘的朋友。這事常發生，誰沒有幾個忽然忘了名字、忘了長相的朋友呢？還一個可能是她曾與我相認，就在騎樓下，她愣愣盯著眼前的糖，很恍惚的，被一道身影或聲音吸引，她看到了我，心頭忐忑，該認或者不該認？該認與不該認都沒意義，在她抬頭盯視時，我卻像一個鐘，離開現場。一個鐘，不單只會停止，有時候走得快、有時候是慢了。只是每一個鐘、每一個人，都走到這裡了。

到日本交流，嫌棄街道乾淨得沒有人味，找到一只踩扁的香菸盒，幾乎忘情歡呼時，我心裡也幫這條街道打扮：十字路口的騎樓，地段珍貴人潮多，怎能不賣水果、炒一些栗子？隔壁可以擺一攤雨傘店。穿黃袍、披紅袈裟的男僧可以站在對街，晴天時，可就一株梧桐樹下站立；下雨了，男僧則適合挨著章魚燒。這純粹好玩，也為了顏色對比。我想啊想，自己都笑了。當然，日本幣值小，男僧的詞可改做「助人做好事，十塊不嫌少」。至於唐小姐、楊小姐……我瞥見有間細巧書店，立地窗晶亮，可以一眼看到書店裡的人。逛書店的人多數是站著，抬頭取下感興趣的書瀏覽時，正像唐小姐捧著糖。我想，她可以站在書店前的騎樓間，挨著一旁的柱子站。

日本交流回來的第三年三月，福島核能廠爆炸，輻射外洩，我打了好多通電話，才跟日本的林姓友人說了電話。幾天後，他們逃回台北。

為甚麼會以福島核能爆炸為劃分點，我也搞不清楚，可能我曾把她帶去日本，為她構造擺攤了。福島事件後，我沒再見過唐小姐，她到哪裡擺攤？一個人，往某處一站，手一舉，橫豎幾條糖，就是攤位。她該不會發現了更有利的點，捨棄站立多年的騎樓，就算她不在，我經過，每感覺她藏在柱子後，隨時都會閃身出來。這回她不只捧著糖，且堆排機械錶、音樂盒，以及幾支拐杖糖。

我失望了。再見到唐小姐是六月，重慶南路一段與開封街之間。婆婆、嬸嬸與大叔，拿著幾張或一大疊股東會通知書，兌換禮物。有的事務人員，乾脆拿來板凳，直接站上去，擺出交通警察架勢，吆喝大夥排隊，只是警察負責開單，他們負責收單，還給贈品。我饒有興味看著事務人員，從他的腰縫側邊，訝然看到唐小姐頭低低，站在人群的一隅。大約以為此處人多，生意能更好。但這些婆啊嬸啊爺的，買了糖，嚼著嚼，假牙不黏做一塊了？我等了十分鐘，她也等著十分鐘，我拿股東通知書換了洗碗精、米、還有一條通訊線，她甚麼都沒有。她有的，就是站在這裡。站在這裡，卻不成一個樣，不兜售、不微笑，不說，「你好，買條口香糖吧。」她，也不認真地抬起頭，是怕嗎？怕臉是一個鐘，左頰抽搐時，時間便卡著了。卡在她曾經的美麗上。

我得回公司了，想佯裝鞋帶鬆了，蹲下身悄悄打量她。低頭一瞧，鞋帶還真的鬆了。

永大
鉅橡

全面 8折 圖書
針灸器材
拔罐器材
按摩器材
銅人模型
骨架模型
羅經盤(大小尺寸)
大方書局 大韓行
中醫藥圖書・羅經盤(各式尺寸)
銅人・骨架模型・針灸器材
針灸器材
中醫
保健
P
25/半H
當日當次最高
280元

紅樓夢美容美髮設計
紅樓夢 髮型美容
暢銷新書
大方書局 大韓行
中醫藥圖書・羅經盤(各式尺寸)
銅人・骨架模型・針灸器材
CNN
Live
biz

重慶摺疊

重慶南路一段不長。從忠孝西路到愛國西路，不過幾百米，人情、街況，猶如四季。銀行、辦公處、書店，以及雜貨、商旅與餐飲，似乎侷促，又像經過商議，猶如諸葛孔明劃分前鋒、左右將軍與後勤，外加錦囊三只，「記得到開封街開第一個錦囊，到了武昌街，就該開第二個……」

開封街沿途相館林立，攸關民生者，則在武昌街。右轉而入，會看見歷史悠久的文人薈萃地「明星咖啡館」，以及對面的城隍廟。咖啡館與城隍廟比鄰。我多次坐在咖啡館，想著黃春明、季季、朱天心、朱天文等作家，安坐於斯，整理思緒與文字，神，也在對街張望。我始終無法於嘈雜處密釀文字，但根據許多作家的說法，「不安靜處，處處故事。」他們坐著，是為了讓更多聲音穿過，並且逗留，但我坐下來，只聞柴米油鹽、股票漲跌；聆聽人生，除了耳朵，更要長心眼。

進武昌街不遠，巷弄左右分流，一問人間顏色，衣裳、帽子、廚具精品等，一一陳列；另祭五臟廟，水果、糕餅、湯麵、葷素菜餚，無一不全。這是「城中市場」，規模不大，但確實非常「城中」，距離台灣政府核心辦公處不過百米。我任職的出版公司，一個福利是中午代購便當，免得人與人擠、時間與時間擠，我常能從容用罷午餐，兜轉武昌街、沅陵街，當飯後散步。

中午擠食通常需要夥伴，少有獨自覓食者，我經過騎樓，看見上班族三三兩兩，排隊打飯時閒聊，不禁想起以前的工作期間，我那些三三兩兩的同事。我若在公司附近覓食，必定是晚上有演講或活動，往武昌街巷弄走。想起近年很火的天津作家郝景芳，她的中短篇小說〈北京摺疊〉，獲得「雨果獎」，在現實生活架構科幻情節，迷人的敘述不少，「步行街上擠滿了剛剛下班的人……食客圍著塑膠桌子，埋頭在酸辣粉的熱氣騰騰中」。城中市場也同此景。

二〇一六年末，我初訪海南島三亞，入住大王椰、鳥巢等豪華渡假飯店，參加兩岸筆會活動，很可能帶了郝景芳的書當旅伴，我老是在寬敞、明亮、氣派的宴會場合，想起郝景芳對庶民飲食的描繪。城中市場不過幾條彎弄，麵攤前頭蒸氣氤氳，擠張板凳跟桌子就能營生；大器一點的，擁有自己店面，長條桌排得長的，夥計們快速點菜、打菜，讓來客一位一位往裡坐。

長桌永遠不會坐滿。後到的，坐了早來者遺下的空位，只消整理餐盤、抹淨桌子，每一副桌椅，永遠如新。一副桌椅，供給了無數人的這餐與下一餐，這也像一種摺疊，往厚實裡摺、也往虛空裡摺。中午覓食者多結伴，輪到傍晚時，食客多屬孤單。

快炒、牛肉麵、麵疙瘩、燉飯、素食自助餐……，老闆們親切在店門招呼，他們的嚷嚷絲毫沒有強迫，只是嚷了，食客聽見，眼神在店招上逗一下，不喜歡，再走往下一攤。我在城中市場與其他餐

館，都吃過「文昌雞」、「海南雞飯」，來到海南，更得要嘗嘗。

海南島兩岸筆會邀聚書法家、畫家、攝影師與作家等，規模龐大，幾近百人。筆與墨，結構了黑與白，幾次聚精會神看名家寫字，一捺一撇，都驚心動魄。最有趣的一回，是在大小洞天海邊旅遊區，於戶外揮毫。天氣正好，沒有雨水搗局，風大了些，春聯與題字，都在草地上舞。我幫忙鎮住幾幅字，手腳都用上，連手機也成了鎮尺。工作人員機警，忙從海邊撿來一大擔石頭，這樣一來，無論是

「春」或「福」，以及蘇東坡「千里共嬋娟」等名句，都一一定位了。

北京畫鷹名家陳俊峰以乾筆畫了俐落的老鷹，墨汁將乾之際，對面畫家專心畫海，移動墨汁時不甚翻倒。畫家與觀賞字畫的人，同聲驚叫。老鷹背後的天空忽然陰霾了。黃君璧幼女黃湘詅出手「相救」，將墨倒處渲染成山，災難變成嘉年華了，老鷹依舊飛。一位書法家跟我說，書法與畫呀，就是黑與白的鬥法，字體與氣息的融合，說得玄奇；歸底來說，在紙張上寫字跟畫畫、在電腦螢幕上寫小說，看似不同道，都講究氣韻、都重視風格。

當畫家與書法家都不拿筆的時候，我們拿筷子，這仍須講究風格，重點則在餐館出的菜。每次長期間參訪，我都過度餵養了，只要吃食過量，下巴像孵出一隻小雞。我刻意節制，唯獨對於雞的料理，毫無抵抗能力。尤其是白斬雞，淡淡清香，若以土雞上桌，嚼勁與香氣加倍。

「文昌雞」是海南島佳餚，筵席、酬神或過年、過節，都會應景上桌。我吃了幾天的白斬雞，不禁疑惑，「怎麼沒吃到文昌雞？」

我所不知的是，「文昌雞」因產於海南省文昌縣而得名，以全雞燙熟白斬為主，展現雞肉的鮮美特質。「雞飯」則以雞油、雞湯熬煮，拌在飯上，台灣的雞肉飯淋雞油，再放幾把雞肉絲，像是「嘉義雞肉飯」。我恍然大悟，我愛吃的白斬雞，就是文昌雞，只是在台北，餐館為增加異地風味，放大「海南」兩個字，到了海南，每一隻「白斬雞」都是「文昌」，自然不須渲染。

有幾回，用餐地點就在戶外涼亭，雞隻林間覓食，有些飛高，棲息樹枝。我也養過雞，在金門的鄉下。架燈蕊在籠子裡，它的溫熱，類似母雞孵蛋的溫度。小雞啄破蛋殼，唧唧地叫，我伸手入籠，托起一隻一隻小雞，牠們的毛色柔黃，猶如太陽。牠們獨立得非常快，快到我不再能夠辨識牠們；牠們也長得極快，不多時，雞冠火紅，威風凜凜。牠們也都摺疊起來了，就是雞，沒別的了。

母親發心向善，成為慈濟功德會委員，四處布施，淵藪之一是因為「殺雞」。把雞按倒，在雞脖子拿刀一抹，鄉下人是這麼殺雞的。數不清的雞，在母親的手掌間抽搐，然後冰冷。諸葛孔明的第三個錦囊很可能就在母親手上，它教我們在人生路上，打開被摺疊的部分，裡頭有穿舊的衣服、愛吃的食物、遺忘的朋友，還有還有，我們走過的人生道路上，四季排得很長、很長。

點潮汐

我久待辦公室，自覺必須「放風」一下時，就下樓，過武昌街轉博愛路，是常行的路線。

武昌街口附近，常年可見一家店門，擺置炸了酥熟可口的排骨，那是鼎鼎有名的「好味道」排骨大王。它的排骨醃漬入味，非常厚實，不像有些餐廳，以肉片混淆排骨。「好味道」出身浙江，到了台灣，融合兩省口味，搭配獨門研發的滷汁，店面老舊，燻了不少油煙，但一賣一甲子，那些油煙，猶如廟裡的香火。

「好味道」一九七〇年成立時我三歲，老闆翁如金過世交棒給翁秀麗，正是一九九九年，我到重慶南路上班的第一載。店頭幾經變革，都能守住顧客腸胃，每一次熄燈，都讓人心疼。

味道能否繼承呢？滋味的基因沒有科學圖解，該加多少油與鹽巴、該是多大火候與時間，都有其梗概，但真正的提味處，還在廚師的敏感。那偏向直覺，難以言說，仿如禪宗公案。

公司中午統一訂便當，省去與人潮爭食的不便，我吃過幾次好味道排骨，但沒一次進入店面食用。

這很像我跟多數作者的關係，讀過他們不少好文章，但少與作者見哪。

重慶南路上學做男人

台灣社會流行一個說法，「服完兵役，才是真正的男人。」這讓有些男人抬頭挺胸，也讓有些男人欲言又止。一個早慧的馮姓朋友點子特多，曾經策劃《軍中笑話》叢書。書籍鋪往各大書店，隔天就賣光，那在九〇年代以前，服兵役是男人的共同苦難，而後餵養為鄉愁；幽默詮釋的小書，分量卻大，含括許多人的青春。

馮不斷在飯局問我服兵役的事，「苦呢……尤其三千公尺、五百障礙，要人命的。」馮對「三千公尺」、「五百障礙」詞彙陌生。我解釋，前者得在規定時間跑完，後者得扛步槍、繫腰帶掛水壺，爬欄杆、過矮牆、走獨木橋，再匍匐前進，鐵絲網在頂上，身體壓低，頭得往前挺。我邊說邊忍住得意，這兩者是我的強項，賴著它們放了許多榮譽假。我狐疑看著馮，他警覺到我的打量，自個兒說，「我不用當兵。」

兩年或三年兵役，讓男孩成為男人，但也輸在起跑線上，大學一畢業，直接被圈牧軍營裡，所學、所精的，經過數百個日子的伏地挺身、交互蹲跳，再使用時，都已經粗礪了，而同屆畢業的女同學可能成為自己的主管。兵役者，能逃者絕不會放過。連戰公子連勝文就以規避兵役成為一生印記，選舉時常被掀底。陳水扁公子陳致中，則以單手做伏地挺身的廣告，助父親一臂之力勝選總統，但服役後開名車、用公帑辦婚禮，權力的腐蝕常駐人心，有前有後，都千瘡百孔。連勝文以權貴免服兵役，我的親戚、大學學長，增肥逃避，有故意增加近視度數，更甚者是自殘右手食指，馮問為甚麼呢？「因為扣不了扳機了。」馮非故意逃避，身高不足，帶著步槍跑步，槍托該會著地的。

對於社會是一個大染缸這事，是我服役之後的體會，才二十出頭，男孩們的習性、品行已出現重大差異，那讓我想起台灣家庭多元而紛擾，好的不少，卑劣者繁多。不過，我以為我在擔任《幼獅文藝》主編以後，才成為真正的男人。接任主編時，剛過而立之年，前任主編陳祖彥屆齡退休，推舉我參與角逐。我當時辭了《時報周刊》工作，在家當奶爸，育養新生寶寶。天知道，當時哪來的勇氣，既無恆產當靠山，且無父母輸濟，依靠零星稿酬跟兼職編輯工作，既要柴米油鹽、又得奶粉尿片。

該是我的崛起時機正是陳主編退休時，也約莫是幾回文藝營隊，陳主編邀約擔任講師，她的適時觀察、與我的適當表現，正好湊一起，獲得舉薦。《幼獅文藝》創刊於一九五四年，是台灣老字號文學雜誌。最初由中國青年寫作協會創立，藝文界前輩輪流主編，後為了託管《幼獅文藝》，設置「幼獅公司」。先有雜誌才設公司，是出版界創舉。中國青年寫作協會集思廣益，提供多款雜誌名，經蔣經國斟酌後裁定。「幼獅」的公司用圖，獅子採坐姿、右前腳微微翹起，表勃發之意，最早座落西門町，後落腳重慶南路至今。

「幼獅公司」以《幼獅文藝》為基礎，七〇年代創辦《幼獅少年》，增加教科書、圖書出版等產品。《幼獅少年》以國中生為發行對象，近年改以國小中、高級生為主；「三民主義」、「軍訓」本為教科書大宗，兩岸局勢和緩，加上少子化，三民主義已經絕跡，軍訓印量大幅縮減，改往歷史、地理等學科發展。「幼獅」曾出版玉石、青銅等中華文物鑑賞書籍，九〇年代淡出成年市場，轉攻青少年讀品。我於一九九九年五月到職時，常聽資深同仁提起過往，「後頭的儲物間，以前是廚房。到了中午，大夥兒打飯，一起圍坐用餐。」當一個公司擁有自己的廚房，這事，多麼殊勝？近午時分，廚師叫老劉或老許都好，在辦公室後邊，斬雞剁菜，剛過十一點，雞湯香味四溢，不久，火起鍋熱，鏟子得快、刷洗也快，才能上每一道菜，趕上中午十二點前。

「當時僅簽到不打卡，同仁常在初一，連簽多天，常常簽得太快，連假日都填了。」公司等於家庭，同仁如同家人，蒸蒸日上的不只是數字，而是人與人、事與事。幼獅於九〇年代，因應時代調整為公司，也把好的、貴的人情調整掉了，我多次走進儲物間，它完全遺失了人間煙火的跡痕。文件、文件以及文件，都是易燃物，卻煮不了一餐飯。

幼獅公司隸屬救國團體系，歷任總經理多屬虛職，總編輯掌握實權，詩人瘂弦、教授何寄澎與陳信元等，都曾發揮影響力，讓幼獅聲名遠播。兩岸文化交流初啟時，幼獅率先出版劉登瀚等作家書籍，並舉辦兩岸交流，接待大陸學者、作家訪台，誠為大事。九〇年代起，經營與編務分家，總經理主導公司方向。我在這樣的光景中，接任《幼獅文藝》主編。現在回想，那恰在分水嶺，往後的日子，出版業迎接網路、數位化衝擊，紙本的閱讀有人堅持、有人更改，天平兩頭，漸漸有了推移。

當時，自是不知挑戰都會逐一來臨，擺在眼前的是六月號稿件、七月號專題。我有三個月「試用期」，期滿前，繳交數千字的建言書，呈轉上級。我總覺得，很多人細盯著我，更可能私議紛紛，有的投我贊成票、有的反對，我不知去或留。沒料到當時的馬總經理力排主管建議的「代主編」、「副主編」等緩衝職，直接升任主編。

我的肩上不僅一本雜誌，而是一本雜誌、與它的近半世紀。關於它的歷史，已經定論了，關於它的未來，就在眼前一步一步，一個月接一個月。擔任主編像一個箭頭，閱讀對象、雜誌定位以及細部規劃等，都需謹慎，如同中醫把脈，找到病症，開合適的藥方。主編也像扛扁擔，接受一切錯誤。所有編輯都有共同的切身之痛，文字謬誤、段落錯接、作者名誤植，當它們仍在校對時，猶如隱形，一遍過一遍，始終暢行，必須等到印作成品，才發現，一丁點的錯誤都無比巨大，「怎麼、怎麼……竟沒發現呢？」懊惱不能抵銷過錯，我不能推諉給編輯，而需扛起職責，打電話道歉、登門造訪，都是必須的。有一次，某高中教師抗議一篇小說尺度太過，「簡直傷風敗俗」，老師憤怒極了，以退訂要脅，我跟行銷部門衡量事宜，決定以哀兵姿態，負荊請罪。

我每一個月都會收到銷售量統計表，直銷、店銷等數字，非常赤裸，毫無商量餘地。每月一次編輯部、行銷部會議，經常砲聲隆隆。我是主編，也是砲擊的標靶，我總需想方設法，在運作編務的同時，發想行銷方案，後來結合某基金會，長期贊助學生園地，舉辦寫作班，讓文學的推廣除了靜態的閱讀，還有動態的活動。

主編一職告訴我，文學的擔子，不僅輕微的幾百頁；我繼承文字播種的衣缽，更需承受數字風雨。孟子曾說，故天將降大任於斯人也，必先苦其心志，勞其筋骨……，勞心與勞動，是一個人成為男人必要的負重，猶如扁擔的兩端；若說服役讓我的體魄成為男子漢，擔任主編，更把服役時的責任感、榮譽感都做了提升，而且無論對或錯，我都知道，那些都是我。

後來，在藝文場合碰到年輕學子或作家，談當年投稿，羞赧地與我言謝，我才知道，或許我沒成為一個更好的男人，但我是真正的男人了，而且初老已臨。

點潮汐

我剛到《幼獅文藝》就職時，就有個小麻煩，有一個錯誤沒有更改到，那位曾共事三個月、但我已經忘了名字的編輯拿著雜誌揚聲大叫，「慘了、慘了⋯⋯」她這一喊，把我的心都喊慌了一半。我還在「試用期」，而當時的總編輯孫小英非常重視編輯的校勘能力。那一聲嚷嚷，大約誰都聽到了。我阻止她擴大災情，叫上其他幾位編輯，開小組會議。

還有一次，錯誤更離譜了，我們商議後，徵求主管同意，在雜誌以夾頁方式刊登道歉啟事，沒料到經過幾對眼睛的多重過濾，勘誤的道歉啟事本身竟然出現錯字了。

我真想蒙起頭來。我真想打自己幾巴掌。

男人得有擔當，才是男人，家庭與職場比較起來，後者更是考驗，而且狀況奇多，有人的、有事的，但總要回到雜誌本身。自己的錯，自己得頂下，不屬於自己過失的，也必須承受。雜誌對內，有主編、編輯與美編，人人個性不同；但對外只有一張臉，叫做《幼獅文藝》。

重慶南路上說人生大事

有一年冬天，我與《聯合報》副刊主任宇文正，共訪西安，參加回教文學頒獎與座談。第二次來，不訪兵馬俑、看地底雄軍搬演王朝盛世，而走踏老街、蒙古包，大啖「十三碗」回民美食。無意中知曉台灣推動「一例一休」勞工政策，改變了副刊生態。

台灣的副刊職，類似大陸《人民文學》、《小說選刊》、《南方周末報》等傳媒，採責任制，往昔到班自由，近十年，自由度不若以往，但下午到班、傍晚下班，依然是文字工作者的夢想地。七〇年代，《聯合報》瘂弦、《中國時報》高信疆，以議題、行動力，相互刺激與提升，兩者雖屬「敵報」，卻連袂打造副刊的黃金時代，季季、楊澤、劉克襄、焦桐、陳義芝、張大春、阿盛、羅智成等副刊編輯群，是大內高手、也像各種文風的掌門人。副刊窄門深又高，副刊門內，高手自當獲得禮遇，豈知「一例一休」後，副刊改為上午十一點上班、晚上八點下班；政策以公平為說詞，抹滅了人跟行業的特質，像讓少林寺的主持方丈，不教化佛經與武功，而被派與一支掃帚？

宇文正一番話，讓我想到這時代的價值，不斷被改寫、被翻轉。二十世紀末，尚有「X倍速」等詞彙，形容時間的瓦解，進入二十一世紀，生活現實的改變快過詞彙的發現，我恰恰在這個節骨眼、在一九九九年，主編《幼獅文藝》；回頭望，那恰是一個分水嶺，平面與網路傳媒，消長的山頭。

到大陸參訪，我常被派予介紹台灣文學雜誌的任務，「非常少，以純文學為例，只有《幼獅文藝》、《聯合文學》、《印刻文學》等幾家，歷史最悠久的，就是《幼獅文藝》了。它在一九五四年創刊，雜誌名稱還是蔣經國定下的……」《幼獅文藝》名字雖「小」，在瘂弦主編時，古典與現代兼顧、在地與外省並進，成為文學的灘頭堡，黃春明、楊牧、余光中、張愛玲等名家常在刊物發表。我接任時，雜誌已調整定位，成為「青年文學」雜誌。我對此改變百思不解，那像有一條八線道，路這麼寬、這麼廣，卻規範自己只能走紅磚道？

如果《幼獅文藝》繼續走文學寬路，我常懷疑，能有後起的《聯合文學》、《印刻文學》嗎？

《聯合文學》於一九八四年創刊，編輯委員之一即為詩人瘂弦，且於一九八七年成立「聯合文學出版社」。初安民原任《聯合文學》主編、總編輯，後來另創《印刻文學》……關於那一條時間的地塹，已經形成黑洞，後繼者只能跨過，並且構築另一座橋。築橋時，我常看到惘惘的黑洞，因為這是一個關於市場的爭戰，必須各以其計，爭奪微量的文學人口，而《幼獅文藝》鎖定的「青年」族群，人口數少、消費力低；《幼獅文藝》閱讀對象的定位調整，像自廢武功，渾似要求武當派掌門人，於武林盟主的爭奪擂台上，禁使本門看家本領？

九〇年代以前，台灣尚未解嚴，幼獅憑藉母公司救國團的校園通路，以及成人圖書跟教科書市場，營收大好，我在服務的第二年初，領取年終獎金，是工作數年、換職數回後，第一次領取的「六位數」（台幣）。那是就業多年，第一回得以慷慨回贈雙親紅包，且有餘款可以積蓄。第二年年中，股東會後，公司發送員工紅利，再一個六位數。在倉皇的而立之年，一筆一筆的六位數，讓人生，真有點而立的味道了。

二十世紀末，網路時代初臨，曾經挾風帶雨，平面傳媒都感到威脅。彼時候，硬體載件、電腦普及狀態以及傳輸速度等客觀條件，尚未熟成，似一個浪起，沒有支撐就碎裂了，網路泡沫化讓社會調侃那是「本夢比」，而非側重實際收益的「本益比」，誰也無法預期，浪的消退，像選手起跑，身體微微的後傾，再一個啟動，浪，很高、很寬、很大；公司的每一份報表都似淹了水，淹在網路巨浪中，行銷與編輯部門，每月會報時，都須提出數位時代的因應之道。

聲音很多、解藥很亂，像一群溺水的人，各自抓著浮具。

很多網路公司在數位風潮中創立，我每隔一段時間，就會拜訪某家，或在幼獅會議室接待。他們的新穎，讓我們顯得老氣；他們構思奇，讓平面出版變得古典，且是不懷好意的「古典」；他們準備建構大資料庫，鼓吹知識即價值，聽得我心曠神怡。在此同時，痞子蔡、藤井樹、九把刀等網路作家崛起，我參加新書出版以及電影試映會，傳統的平面、電台與影視媒體外，多了部落客以及網路媒體。前後對比，我彷彿從貴賓席退了一步，成為嘉賓，且感知這一步的後退，也是傳媒力量的新秩序。

幼獅公司除了《幼獅文藝》，尚有《幼獅少年》，以及圖書跟教科書。教科書出版另有遊戲規則，九〇年代，幼獅公司下修閱讀服務對象，到國中、國小，圖書與《幼獅少年》氣味愈近。網路勢力下，愈發感到《幼獅文藝》在八〇年代的改變定位，對它的迎新局，非常崎嶇。我無法以雜誌養書、以出版增加獲利；雜誌過期，報廢者多，屬於「費用」；書籍過期，成為存貨，則屬於「資產」。一款文字印上不同形式，價值截然而分，雜誌除了傳承文學精神，還能怎麼增加收藏價值，一直是我的思索。

聲音很亂、解藥很多，圖書出版，開始數位與平面並行，我的雜誌無法豢養內容，培養作者，成為公司的資源，反倒成了其他出版社的暢銷書。我曾在二〇〇三年，提出「青年文學第一品牌」，深耘青年與閱讀；二〇一四年以「青年關懷第一品牌」，在文學地盤，新增生活空間、教育場域，吸引中壯年讀者群。二〇〇一年成立「幼獅寫作班」，授課研習外，也是雜誌服務的據點。

幼獅公司是出版社，也是媒體。我初到職時，常有出版社、電影公司主動洽談合作；新時代，媒體如同大河分流，公司積極尋找合作，組織網路資源，以電子報發布訊息、建構網路直銷等。網路以及它的一切，不僅是浪，還像個地震。它的影響很徹底，加上「少子化」，閱讀式微，買書者變少，文字與數字有了勾結，致使「六位數」少了一個零，變成「五位數」。從「六」到「五」，在我的不惑之年，彷彿暗示了，人間哪有不惑時？

幼獅公司調整出版策略，活化資產，收了賠錢的門市，轉租。善用母公司人脈資源，介入禮品市場。一間老公司，精神卻必須新。

雜誌與報紙都是閱讀，屬性不同，我與友好的報紙合作專題、與產業傳媒辦理活動，分頭並進、擴大雜誌的接觸群。出版市場難為，公家資源成為出版社、雜誌社力爭之地，文化部、文學館、文化局等，舉凡徵文、座談、交流等，大家都做好書面企劃，製作精美簡報，在不同的領域，展開另一場爭戰。

我在西安慰問宇文正。她得力於副刊工作之便，於兒子就讀高中時，料理近千個便當，挑選合適者寫就短文，結集《庖廚食光》，獲得各方稱譽，她無奈地說，「還好，我寫完這本書了。」「一例一休」本意保障勞工福利，分享資方利潤，惜思維粗糙、政策魯莽，一紙薄令，又是另一種地震。

日前逛重慶南路二手CD店，老闆正張羅特價拍賣，並另覓他址。她沒說明搬家原因，但肯定地租調漲，超出負擔。算了算，這家二手CD店已開了十多年，店門左前方三樓正是幼獅公司，綠色的店招染了一點點塵，但風雨一過，或將一碧如洗。

走盡長路，我拐彎回家，喧囂的，有車子、行人，甚至是路旁的行道樹。它若站得夠久，就會知道，聲音從無止息時，它所迎接的四季，也都各有表情。

點潮汐

不斷有人問我何以離開工作崗位，細數台灣文學雜誌就那幾家，「你就算占，也得占著哪……」更有長輩從退休觀念規勸我，做任何思考，都要以大局為重。

對我來說，大局不單是自己的，尤其雜誌重視傳承，當它從朱橋、瘂弦、段彩華、陳祖彥依序排開，我就感到接續的壓力。還在職時，常戲稱自己會成為「末代主編」，沒料到李時雍，還有馬翊航；他們的活動生猛、構思新奇，每每讓我想起初接主編時。

水，得流動了才有流域。

雜誌亦如是。祝福它的再度啟航。

明星咖啡館談文學明星

與作家駱以軍相偕搭車，話題轉到「作家的特質」，我自陳十分土氣，不像有些作家斯文且貴氣。那像牆的兩邊，一頭野草蔓生，打扮無名牌，說話腔調多「之乎者也」語助詞；一端則花色錦簇，高貴圍巾與皮靴，說話常引聖哲，一出聲，正如春風來。那讓我見識到，有些人的養成，在把文字功練就了個性的底，家世、視野以及氣度，都會讓一個人，更蘊風采。

駱以軍當然「貴氣」，「你別開玩笑了，我只是個窮光蛋。」我們一週內，兩回逢面，他著單色T恤、穿短褲、趿布希鞋，自嘲像搬運工。駱的貴氣在見識，他對小說的說解與實踐，常跑得非常遠，我有一次，把他寫孫悟空與六耳獼猴的報紙專欄，轉貼給《小說選刊》主任付秀瑩，「這個人，懂得小說三昧哪。」努力無窮盡，才分有時短，對我而言該篇天馬行空，沒有一朵觔斗雲，行家看行家，都說風調雨順。

這是我的限制。與以軍認識多年，最大的收穫是在知道自己，不僅非常侷限，更可能接近愚昧。「三昧」與「愚昧」，差距十萬八千里了。

以軍常在咖啡廳寫稿，這對我是困難的。噪音、桌椅高度是否合適、無預警經過旁邊的顧客等，都會讓我心力失焦；對以軍來說，市井之聲與氣味，很可能就是小說的底色。

作家擇在咖啡廳寫稿，很可能是「明星咖啡館」起的頭。幾部台灣現代文學經典就在咖啡廳中氤氳而生，白先勇寫《台北人》時，常在「明星」趕稿。白老師的一個不可思議是主編兼作者：《現代文學》稿缺了，自己趕緊寫一篇。我常勸誡青年作者完稿後得「忍」，忍著太快說出的故事、忍著太想分享的小說，「最好啊，能夠放幾個月，再來從容改稿。」情勢不允白先勇「忍」，幾乎是寫罷就付梓了。

黃春明在「明星」寫〈兒子的大玩偶〉、〈看海的日子〉等，除了稿紙與筆，還需帶上奶粉、尿片。我當過「奶爸」，知道尿片與稿紙的轉換，不單是氣味，而是整個腦袋都要換過來了。讓人吃驚的「弦外之意」是，咖啡館竟讓這一切都發生了。六〇年代，咖啡是稀有的消費，作為一個「館」，即有高貴、典雅的意思，卻能讓嬰兒躺在桌面上，大剌剌地掀衣褲、露臀部？

「明星咖啡」是簡錦錐與幾名俄羅斯貴族、軍官，於一九四九年創辦。它的前身是上海霞飛路七號的「明星咖啡館」。

一九一七年，俄國共產黨發動革命，出身貴族的俄國沙皇侍衛隊指揮官艾斯尼（George Elsner），隨部隊奮戰不敵，流亡到上海。艾斯尼的同鄉布爾林（Petter Novechor），在上海霞飛路七號開設「明星咖啡館」。後來艾斯尼與布爾林，跟隨國民黨政府到了台灣，結識年僅十八歲的簡錦錐，在台北武昌街一段七號合作經營「明星西點麵包廠」，並於二樓開設咖啡館。「明星」兩字是翻譯自俄文店名「Astoria」，是「宇宙」的意思。

簡錦錐與俄羅斯友人的合作期並不長，一九五二年，韓戰即將停火，台海情勢未明，艾斯尼與布爾林等人，移民至澳洲等地。簡錦錐送行基隆碼頭，友人乘風破浪而去，等待簡錦錐的卻是大風大浪。股東拆夥，麵包師傅離職，簡錦錐只能靠越洋電話記下糕點製作細節。店開始經營時，顧客不知道他也是老闆，加上台灣崇洋風氣盛，都以為他是俄羅斯人的「夥計」，常善意提點他，「小心，老闆盯著你，趕緊去端盤、洗碗哪。」

作家把「明星」當據點，成為台灣近代文學的搖籃之一，都出自簡錦錐的慷慨。俗謂「宰相肚子可撐船」，咖啡杯小，但吹送文學之帆。簡錦錐不在乎作家點一杯咖啡，卻坐上一整天。那年頭冷氣奢侈，每一道怡人的涼爽都非常貴重，金錢可以計量，文學無可衡量，白先勇、王文興、歐陽子、陳若曦等人創辦《現代文學》，尉天驄創辦《文學季刊》，與主要撰稿人陳映真、黃春明等，都在「明

星」定期聚會。

我在一九九九年出任《幼獅文藝》主編時，常經過「明星」店前。一樓的麵包櫥窗，陳列傳說中蔣經國夫人方良女士的最愛「俄羅斯軟糖」。五〇年代，外國大使館與達官貴人，都派遣黑頭車到「明星」，等著傍晚時分麵包出爐。「明星」最早的常客是高官、貴族，但作家進駐以及一九五九年詩人周夢蝶在「明星」一樓擺攤賣書，改變了「明星」氣質。等到一九九九年我與「明星」初見，它挨擠在「城中市場」熙來攘往的人潮中，一樓賣麵包、二樓租與店家賣素食，正對武昌街城隍廟，食客、香客以及紅男綠女，頗有「舊時王謝堂前燕，飛入尋常百姓家」，這是威權時代的消解，庶民文化的抬頭。

一九八九年，「明星」二樓咖啡館停業，竟是受到台灣經濟起飛的拖累。台股上萬點，股票族客麇集討論投資，作家不再上門。二〇〇三年，「明星」二樓素食店發生大火，經媒體批露，老顧客紛紛關心，二〇〇四年七月重新開幕，台北市長馬英九、作家周夢蝶、黃春明、龍應台、隱地、陳若曦、季季、楚戈等，出席開幕茶會，雲門舞集創辦人林懷民感性致詞：「沒有明星，即使後來有雲門舞集，也不會是現在的模樣。」經濟的火，讓「明星」暗了，一把無妄之火，讓「明星」再度點燈，命運與造化僅懸一線。

「明星」咖啡很快成為藝文沙龍。新書發表會、小型座談等，常藉此舉辦，我也多次邀請作者聚會、組織文學獎評審，並約訪作家、演員與導演。咖啡館在台北，幾近街談巷議了，少有作家再專程帶筆電與紙筆，到「明星」整理人間思索，而就近找一個可以安孵文字的地方。

我格外記得大火後，「明星」二樓的窗櫺、牆面，被火走過了，遺留著的焦黑。濃濃黑與淡淡灰，像孩童頑皮的幾幅塗鴉，它們既哀且靜，毫不理會川流的人潮與對面的神祇。它的窗戶關得牢緊，不漏半點口風，我以為這是「明星」回歸它的「宇宙」了，是豔麗的，終也屬於塵埃，沒料到我能挨近它，擠在開幕的喧譁中，看周夢蝶、黃春明、龍應台等，一個一個走過面前。

周夢蝶屬仙，黃春明很俠氣，龍應台自然貴氣了，都走進了文學殿堂。

至於我，擠在人群中，與前輩作家一一頷首致意，愣頭愣腦，當然非常土了。土就土唄，咖啡館飲品項目多，總有一杯，適合我的咖啡。

點潮汐

公司鄰近明星咖啡館，有許多活動常就近安排，比如金門文學獎，多次與當時的主辦人陳延宗商議，就在明星辦理。有一次參加尉天驄《回首我們的時代》新書發表會，鄭樹森、李黎、張拓蕪、奚淞，以及黃春明、季季等資深前輩，常見與不

常見的都出席了。

我印象較深的是與張讓在此逢面。那陣子，她跟韓秀合力撰寫「兩個天空」專欄，抒發教養以及自由。張讓就讀國中的孩子也在。

張讓嬌小溫柔，跟她文章的理性、條理清晰，並不相同。這便是一個妙處：文章與人、人與文章，都該面貌相仿嗎？相仿的該是人的性情，而我只與張讓有一份簡餐、一杯咖啡的時間，它們都不如一本書，更能讓我了解她。

常說，「聞名不如見面」，但我知道反其道者也非常多。來自華盛頓的作家龔則韞對我有此疑慮：行文抒情，怎麼行事爽辣，有時候還帶點不正經？

以往的我，常拘於皮相的，門牙不整、口吃嚴重，讓我自卑自傷多年，忽然有一天，我找到自己與世界的相處方法，我便自在了。

行文與行事，便是我的兩種自在。

公園號酸梅湯

「公園號酸梅湯」吸引我的，是那一個「湯」字。

「湯」與「汁」，在我認知中濃淡不一。「湯」隆重且料多，多種食材以文火慢燉，比如人參雞湯、佛跳牆、番茄濃湯等，而「汁」則是輕便些，喝水擠一點檸檬，我們會說汁，而不會說擠一點「檸檬湯」，到冰果店點飲料，也不會說要一杯「柳丁湯」。湯與汁的區別，「火」是關鍵了，有火慎重烹煮的是「湯」，其餘便是「汁」了。

公園號酸梅以「湯」為名，便有股慎重、萃取的意思。細敲之下，果然不差，以烏梅、山楂、甘草跟桂花熬煮六小時，在二二八和平紀念公園衡陽路側門，一開就是一甲子。

我親見朱天心許多次。讀大學時聽她演講，談《想我眷村的兄弟們》，近幾年偶爾一起評審，在北一女或台積電文學獎評審場合，卻老是忘了問她，當年怎麼從北一女中閒步到公園附近，喝一杯酸梅湯？當年的售價也不是二十五、三十，而更便宜，一個店剛剛創立時的售價，也像極了人們的年紀，總是五塊、十元開始堆疊，我們老去，價格也漸漸陳了。

我多次在報導當中看到朱天心與公園號的連結，最近一次是在魚夫所寫的台北城文章，他細數重慶南路、西門町等區域的過往，讀著讀著，我便看到許多個小綠綠在公園號買酸梅湯的模樣。我性喜酸澀，在喝茶而非飲酒的少年時，服役龍潭陸軍總部，添購留營駐守的零食，不是佐酒的堅果、肉乾，而是一包酸梅、一包橄欖、再一包芒果乾。

我對「酸」的喜好從五六歲就有記憶了，手持一顆紅酸梅，舔一口，酸得吱吱叫，再一口依然叫吱吱，喜悅感卻非常飽和。還有一款糖果內餡含有酸梅一枚，糖果融化，鮮甜的味道充滿口腔，我忍不住翻攪舌尖，探一枚蚌殼那樣，挑它、逗它，終於含到淡淡的酸。我好奇，這款糖果賣的是甜還是酸？極甜後，跟著微酸、非常酸，這款糖果的發明人，該是把人生的隱喻濃縮在一粒糖果裡了。

走過不同階段的零食時代，喜歡酸的人從來不是多數。草莓口味以其香軟滋味跟暖洋洋色調，是少女的最愛；巧克力已不稀罕，八〇年代以及之前，對於它的微苦頗有怨言。我走過的多數時代，「甜」總是名門正派，苦的、辣的、嗆的都是冷門，何況是「酸」的？

我喜歡酸，有一個原因可能是，一個酸梅可以讓人吃上一小時，而一顆糖果三兩下就啃完了。所以我當然好奇，小綠綠以及其他人，怎麼會喜歡上「酸」？

老店「公園號酸梅湯」，用的器具也老陳，內用時，使用台鐵老火車時代、喝熱茶的玻璃杯。厚玻璃、厚杯口，真的搭上台鐵時，還能沖泡茶葉。那光景是如此：台鐵員工手持裝了滾燙熱開水的大鐵壺，挨著一個一個車廂為人添茶水。塑膠瓶還沒有成為生活日常，開飲機少之又少，到車廂後頭拿玻璃杯時，也可以拿一個杯蓋，泡

茶葉時才能鎮住茶香。台鐵早沒有這項服務了。玻璃杯撤出台鐵前，我也搭乘過，大家計較玻璃杯乾淨嗎？尤其B型肝炎流傳時，政府推動「公筷母匙」，大家對一個流浪了好久的玻璃杯，開始有了戒心。但它作為一種懷舊，出現在「公園號酸梅湯」中，卻別具意義了。

那一層「舊」，意味著物資不豐，那一層舊，也是我們走過的路。一款酸梅湯，當它以不變的滋味，對鏡我們發福了、發達了以及孱弱與蒼白，那一層「舊」便是青春年少了。

「公園號酸梅湯」從過去一台推車，掙得自己的店面，雖位於一隅，卻是許多人的回憶，名媛孫芸芸、資深藝人陳莎莉、已故的鄒美儀等，都曾前來憶舊回味。這些，其實都是我後來才知道的。二二八和平紀念公園原名「新公園」，是我高中時代常去的踏青之地，當時的公園不像現在不設圍籬、門戶大開，只設了幾個門，我們一行人逛到魚池附近，出衡陽路就看到醒目的店招，除了店名之外，還有「衛生第一」四個字。那是一個俗稱「不乾不淨，吃了沒病」，以多食細菌保健，掩飾衛生的低迷。

現在少有店招強調「衛生第一」這幾個大字，那已經內化，成為每一個店家的基因。當時不知道「公園號酸梅湯」的赫赫大名，它就只是一個尋常的小店，門前不像陳三鼎、或鼎泰豐擠了排隊人潮。排隊的人龍，可以簇擁店的威勢，可以不認識它，但排隊的氣勢，任誰都能領略。也許在後來的老街，有以阿婆為名的酸梅汁擁有排隊小蛇，但年輕時經過「公園號酸梅湯」、以及上班後常往衡陽路側門走，很少見它萬頭攢動，而是很愜意地讓出它的安靜，給轉角的風與陽光。

幼獅曾在衡陽路有自己的門市，公司的福利之一是三節發送購書禮券，門市成為我常訪的書店。門市作為員工的讀書補給站當然寬慰人心，但從實質層面，它每一個月幾乎都虧損十幾萬，之後轉租給超商一反赤字，而能月月盈餘，但我少走往衡陽路側門。

我嗜酸、愛酸，醃製的酸梅、橄欖、甜桃乾等，更經常食用，嚴重到體檢時，某一個數值異常，報告說，得減少醃製物攝取。我沒有被報告嚇阻，依然愛食，有次到高雄師大評審，及早到達與老師們閒聊，得知有位職員擅長釀造青梅，我馬上口齒生涎，訂購一大桶。這些年，我漸漸少食醃製品了，雖然酸梅湯與醃製品相距甚遠，但以「酸」為主味，仍像孿生姊妹一般。

二〇一六年五月，我辭了《幼獅文藝》主編，常常尋隙，分赴十七年來經常駐足的地方，「公園號酸梅湯」也是其一。外帶了一杯，走進公園，魚池中鯉魚活躍，石椅上有老人與情人，我沒有仔細的味蕾，分辨湯頭的各個成分，但它們合而為一時，我就知道，這是我年輕時喝過的滋味。

點潮汐

夜晚的公園號，燈光與來客都稀微。這是好事，像在劇變的重慶南路，看到留有古早味道的店址。

公園號斜對面、衡陽路上，曾經在二樓或三樓開有一間連鎖咖啡店，有次與某朋友經過，他說那是同性戀的聚會所，天堂樂園一般，問我知不知道？我搖頭。朋友很驚訝，「就在你咫尺之地，你竟然不知道？」我只好再搖一次頭。新公園、二二八和平紀念公園，作為同志交誼的大本營，在它附近發展出一個據點，也合乎情理了。咖啡店等於同志樂園的時間並沒有維持太久。

酸梅湯除了公園號，沅陵街的「仁記金陵酸梅湯之家」，我上班時幾乎天天經過，且不只一回。重慶南路已為商旅大幅取代，有些書店舊址並未易主，只是書店難為，不如租予他人。

如果我是旅賞台北、下榻重慶南路的遊客，入夜尋幽出來，看到小巧可愛的「仁記金陵酸梅湯之家」，吸管取放處還寫著「衛生吸管」的字樣，大約也會悠悠一笑，想著這條熱鬧大道，一個轉彎，童年就住在隔壁了。

漂流

地址

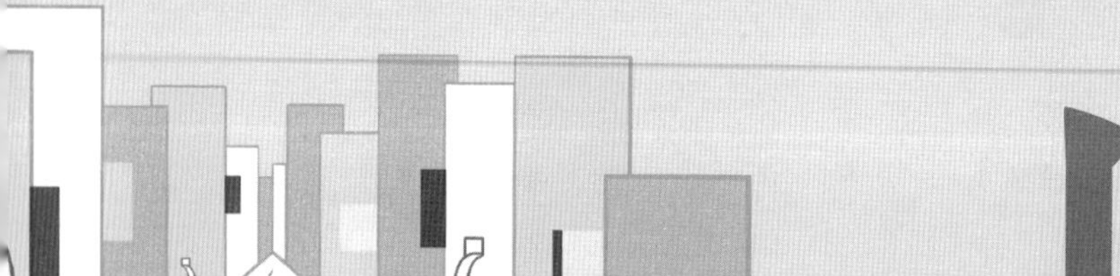

漂流地址

街道，與河流有著類似的眉目了。河流左右沖刷、往地底流切，遊覽立霧溪，特別得是立霧溪，這條縱切深刻的河流，導遊會在遊覽車上，說給旅客聽。旅客可以捧讀資訊，說給自己聽。說著，關於移動。從上向下、由西而東，一邊崩毀、一邊創造。我有個楊姓藝術家朋友，專門撿拾漂流木，進行創作。楊說，最理想的漂流木，得有兩個質地，一是時間、二是傷痕。

立霧溪逐年往下切。她的傷，是日夜湍流的美麗。我想像大雨後，山上土石崩動，大小石塊、完整的杉木，一起跌入溪谷。小石塊往下游撞擊，一部分變成更小的石塊，如果轉進一只壺穴，就逆時針、順時針打轉，直到粉身碎骨；一部分變成砂石，偶爾沉澱在崩落處，但多往下游去。碩大的石塊常是顫抖了幾下，就站穩了。除非更大的風災雨勢，不然，大石塊就成為風景。我張望天祥附近的慈母橋底下，一塊像獅子的巨石。三十年前它已崩在那裡了。三十年過去了，許多人看過它、讚嘆它。

有人見過它兩回、五次，有人匆匆一見，隔年就往生。我還能見它幾回呢？

楊姓藝術家說，漂流木就像人。人，也充滿時間與傷痕的。楊在師範大學修美術，攤畫紙在膝蓋前的畫架上，隨時舉筆到額前，定焦於一個感官、一道光線。年輕肉體豐盈飽滿，曲線游移如水，非常順暢。以季節而言，當然就在初春雪融。甚麼肉體最有吸引力？楊不加思索地說，是女人衰疲的肉身。她們留有女性最原始的美好曲線。但都斷折了。有時候是曲解。還經常猶豫了。至於土石流與崩塌，更是常見。所以，漂流木就像人。

我以為這段話該解釋作，人哪，也是河流。人，在流動、也在浮動。我於是感慨，難怪人，總在與故友知逢，透過打量久久不見的朋友，發覺大家都寬了。男的髮禿，稀少的髮讓額頭明顯地亮起來。肩、胸、腰以及臀部，拉成一直線了。人哪，是河流，是漂流木。它的質地是愈傷也愈寬。人，由窄而寬，不是兩月、三年的事情，這使我們失去戒心，也忘了是否該悲傷。大家都一臉鎮定，外觀的毀壞似乎只是小事。

女生也寬了。身材不說，髮際線寬了，連乳溝的距離，也一併拉寬著。真到了河流的下游，腰圍、屁股、大腿，乃至於手指頭，都寬著。確切但又殘酷地說，是膨脹了。人生這條河流沒有真正的流水，但每天都被流水經過著。大夥在家裡整裝，打算以最傑出的面貌與舊友見，但明白，最美好的時光總在不知道它們的美好時，匆匆度過了。所謂的、最美好的時光，是一個泡影。泡在很深、流得很急的水底。說好了不悲傷，都接受時間流吧，但見了面，又顯得很不情願，一雙眼睛如賊。

我這一天感慨時潮過往，原因很簡單。我慣常在午後，自己帶杯子，過重慶南路到武昌街，買一杯黑咖啡。重慶南路的綠燈很有意思，有時候從開封街、漢口街一直到武昌街，碰巧都是綠燈，且先開放二十到三十秒時間，專程留給行人。半分鐘的短暫時光中，四線道的重慶南路上，一輛汽車都沒有，讓人誤會這是公園廣場，而非馬路。我站在路口往前看去，空蕩的馬路鼓起一股強大的風，呼呼呼地掃過耳廓。沒有流車的馬路上，我們依然無法真正安靜。

很碰巧、而且非得碰巧不可，在難得的時間縫隙中，一位男士騎單車，剛好繞進了一輛流車都沒有的重慶南路。他成為整個四線道上，唯一的快速移動。這還不打緊，他邊騎車邊唱歌劇，且顯然是花腔、男高音。於是，來者就不只是風，而是風雨已來。我愣在路口，看到一個畫面。那是陳水扁剛剛當了總統，山雨狂暴，八掌溪上，四名工人手牽手，站立急流。河流，很急、很顯得憤怒、很是無可商量。我經常想像，我若是其中一位，會想甚麼呢？難道陷身激流中，是因為酒跟黃色笑話都喝多了？髒話也是，出口幹、閉口幹，是這緣故，河流激憤，而我身在其中，是因為報應？

我隱約看見，有一台的新聞畫面，曾經掃描到遠遠的天。很剎那，依然可辨那似漠漠的秋日，西邊畫給了半片胭脂。鏡頭又回來了，照著四個人，以及好多好多攝影機，架在岸邊、這邊與那邊。任是誰，都無法想像人生會溺死在水裡，且現場轉播了，彷彿他們卸下工作服，又會活過來演另一齣戲。往後，我面對透明高粱與醉紅天邊，都不禁會想起，滾滾沙流，八條踩不穩的顫抖的腿。

八掌溪的四個人，被沖到外海，傷，當然是傷的。如果這是四塊漂流木，楊藝術家肯定豎大拇指讚美傷痕的質地。但這是人。我們多麼渴望八掌溪真有八隻手掌，好好托住死者。災難之後，人民才忽然醒過來，換了政府執政，八掌溪依然執政八掌溪，人民開始攻擊、唾棄，扁政府必須手持電影《美國隊長》那張盾牌，把攻擊的力道彈回前朝。盾牌後來放進總統府，扁政府與馬政府繼續用。功效不是百分百，但是有抵禦、有反彈，就有希望。

歌劇男神騎單車朝我靠近。人未到，聲音先到。放膽唱著，如同一條河，理所當然，從上游到下游。理所當然，衝擊著願意聽與不願意聽的人。霸道，如八掌溪。

除了霸道，我也覺得是勇敢。左右無人，念天地之悠悠，獨放聲而笑人間。我不知道歌劇男神安哪一種心，把整條重慶南路唱成他家的後花園。歌劇男神經過我旁邊，左手微舉，瞅了我一眼，彷彿質疑我幹嘛站路口發愣。我是看到馬戲團了，不畫小丑臉、沒抹大腮紅，他操縱單車熟稔，彷彿輪胎與把手都在延伸他的四肢。這不只是花園，還是他的遊樂場。雖然極其有限。雖然像瘋了。也很可能病了。或者精神狀態很不穩定。但他滿臉不在乎。不只我愣著瞧，行人也是。路口攤販有的微笑、有的哈哈笑，有的揮手。

歌劇男神轉進武昌街，再一拐彎，他的嘹亮漸漸走遠、黯淡。路上行車一下子多了，排氣聲、引擎啟動與喇叭偶爾按鳴；車水馬龍是常態，在日常的聲息中歌聲忽拔，更顯得風狂雨暴。我抬頭看大樓。它們不像大樓，而像高山峻嶺，沿街道兩岸分布。大樓不是不動，人代替它移動。人，從樓梯或電梯下來，都像小小支流，向街衢沖刷，有的淡淡一抹影，不破壞空氣、不吐一口痰，日子非常老實，人也非常認分。有的是反過來。就像歌劇男神，剎那帶來暴雨。但驀然的，大樓又收回了他們。高山訴與大河涓涓細流，形塑一條河，大樓訴與長街紛紛人流，這條街被踏訪了、被換了眉目、被移動的人給移動了，這樣的一條街，它的改變是從上向下，也從下而上了。

我曾經無動於衷地在此打混十多年，上班、下班，鬥爭人事、也被人事鬥爭，我不敢說轉眼春綠秋枯，因為公司入口處，樹啊、花啊、草啊，甚至是人的模樣，都被照顧得妥貼、青春。公司是最不彰顯季節的地方。它的空氣從好多不停旋轉的圓形轉圈打出來，它的光源一按開關就有了，這是一個被隔間、再被隔間的小宇宙，每一個隔間幾乎都有一個太陽。當然，也有地球一般的衛星，以及隕石。根據天文學，隕石又可以分成流星以及掃把星。

算算時間，我窩在辦公室的時間，是窩在娘胎裡的十幾倍了，醒在辦公室以及周遭街衢的時間，又是居家的好些倍。我發現辦公室中，多數區塊與我無關，比如人事部門到了午後，貼心地為自己以及長官煮一杯咖啡時，那個飄香的時間必須是關起門來，咖啡香才能團聚。有些地方永遠只會經過，每次去，不會待滿五分鐘，例如茶水間、公司櫃台，還有廁所。

沒錯，不超過五分鐘，廁所也是，我對自己的腸胃很有信心。尤其漸漸有了年紀，臨鏡時，看到的漸漸不是自己，而是更老去的、以及更年輕的自己時，現實的還有實際的，經常都是光影。我羨慕年輕的男同事，於鏡前一佇立，就如神話裡的那個誰啊，執迷於倒影，眷戀不捨離去。他不斷撥動額前方，一綹往下委屈的髮，彈了、再彈了，必須以適當的力道彈它，利用反作用力，讓髮綹回到滿意的額前。正負彈力，不是編輯校對，沒有一把尺，男同事彈了又彈，很專注。我小解後趨身向前，使用廁所裡唯一的盥洗台，男同事略欠身，讓一小步，繼續盯著鏡子裡的自己。我驚訝極了。我與他當了七、八年同事，大約說過七、八句話，男同事連聲音都窘紅，對這一綹髮、對於鏡像中的投影，卻無比執著。非常堅硬，雖然他的使力很柔，彈、彈，再彈。

我是在一次兩岸參訪，參與寫作探討，才省思我的朝朝暮暮之地，何以連朝、暮，都無以入文。一夥人探討了生活現場、討論了經驗本質。我的故鄉在戰地金門，我深入戰爭與鄉愁史料，寫了幾乎百萬言。當我從窺探歷史，走回當下，才發現好多光影一直在胸口徘徊。過春節了，一個北京的版權公司，翻牆進臉書，問我，怎麼接洽周夢蝶老先生的作品？我聯絡周公終老前，照料他的女詩人，知道版權不是遺產，都在出版社那兒。前幾年，周公過世了，我提前到殯儀館致哀，與朋友聊起周的軼聞，方知周愛好杯中物。我吃一驚。茶、咖啡、酒等飲品，我都酷愛，尤其白乾，我竟沒想過，能與周公好好喝一杯？

我回覆北京，周的版權在兩家出版社手上，處理這一突發事件，我忍了許久沒上廁所，經過門口櫃台。

是啊是啊，是三次、五回，或者更多，周公親拿手稿，要櫃台喊我出來，我接了內線電話，琢磨著是誰啊。作者親訪的事不少，我通常不去想是誰來訪，而直接走到櫃台。「周老師，怎好意思讓您親自送稿過來呢？」我接過手稿。周夢蝶的書法一如他的身形，枯瘦如竹，他慣穿藏青色長袍、戴帽子，咧嘴而笑時，一口牙斑黃帶黑。像斑蝶停佇不動，蝶翼影錯錯，就像周夢蝶的牙。老人哪，身上一股老味，衣服與人一起受潮了，我懊惱，怎麼兩個人站在櫃台前三分鐘、五分鐘，只懂得客套與傻笑？誰等誰開口，喝咖啡？誰等誰開口，喝白乾？我背轉、周夢蝶背轉，我回座位展閱周的詩、他瘦瘦的字；周夢蝶搭著下樓電梯，回到重慶南路上。不知道那一天是好天或陰天？那一天周夢蝶直接回新店住家，還是左轉走幾步，看一眼武昌街口，他擺過攤的位置？

那位置，就像立霧溪、天祥左近慈母橋下，巨獅般的岩石。

但不像巨獅，至今依然占著河床一角，三十年了，文水不動。武昌街頭，周夢蝶的攤位已經撤了很久，那位置，有賣鞋、賣傘、賣涼水的，騎樓牆上的漆，斑駁了又新，新了又舊了，不知道原委的旅客也無從需要知道原委，意外一遊的旅客路過騎樓，或者走訪樓上的明星咖啡館，會意外看到周夢蝶的老照片。乾瘦的老者翹二郎腿，跟旁邊一只沒擺幾本的書攤，據說就是詩的江湖。據說問詩的情況，猶如孔子問訊老子。年輕詩人們，順著詩與路的大河，盯著眼前老頭，虔誠膜拜。周公是老呀，年輕時已長得耄然，他不像我後來遇見的歌劇男神，以喧囂製造風雨，他靜坐，滑動筷子，扒光便當盒裡的雞腿飯。幾粒米飯黏在頷下，油汁從嘴角滑溜下來，周夢蝶衣袖一帶，一起抹淨。

年輕詩人們的問題多著呢，最糟糕的是問筆名由來。既是筆名，就不是父母的意思，也不是自己的，該是文學。次糟的是問感情戀愛。我輾轉聽聞周公喜歡女人哪，每見到年輕女詩人，都笑得陶醉。持著女孩家的手，不忍鬆。最好的問題據說還沒有出現，次好的倒有一些：怎麼讓詩跟人長得一樣了？如何寂靜？怎麼靜下來，還能發現靜裡的微聲？關於這些病、這些飛，怎麼能夠不以是非觀？

年輕詩人們不僅問詩，也疑詩。有人問說，周老師您知道書攤對口城隍廟，眾神前那只匾額，題的是甚麼字嗎？

據說周老師打量學生兩眼，笑得噴出了幾撮口沫，你、你……，真是愛說笑了。

腦袋瓜子，樂得繞轉了半圈，青青頭皮，兜生粗粗黑髮，都修得精短，彷彿頭上長的不是髮，而是指甲。

這些往事，都沉澱在武昌街口——被好幾篇文章、好幾首詩，以及好多人的腦袋，一起記憶住了。這些也被周夢蝶，記得深深的嗎？街道不動，但暗暗將一切移動了，經常看到街頭快速移影的影像，日頭拉斜東邊的樓，再放長西邊的，燈點著了，又沉寂著。街頭，是光游移著，是顏色堆放了，又被移除，周夢蝶親自到重慶南路交稿，當他背轉而去，是站在街頭懷想一個彩色的過往，成了一幅黑白照片？而他望著鏡中自己以及背景，當他伸手彈動肩頭一片粉屑，彈、再彈、又彈，只證明了作用力都在往前，不會產生負的力量，讓一綹頭髮、讓一抹顏色，回到最恰確的位置。

最可能的是，周夢蝶壓根兒沒佇立街頭，不在時光這岸，張望鏡像。最可能的是，張望的人是我。當我走出第一殯儀館，知道周夢蝶愛飲白乾，就抵不住的懊惱。獨飲白乾其實不獨飲，心頭念著許多人，四名工人在八掌溪的激流，他們沒有眉目與神情，他們是數目、是憐憫，是不同意義的「四」。周夢蝶是「五」，他在岸邊、在武昌街頭。我也想和老牌演員葛香亭喝酒。我認識他嗎？不認識。我與他合影過嗎？也不曾。只為了我曾有幾回，走過晨間或午後的重慶南路，看見我喜歡的老演員葛香亭，走過騎樓。

葛香亭個頭不高，反共復國年代，外省出身的他扮演公忠體國、為國為家犧牲的班長非常到位。國字臉、搭兩道經常垮苦的眉，穿黝綠軍服，帽子上藍天白日徽章熠熠生光。他的一隻腳是跛了，必須一隻腳進、拖著另一隻腳走。他的體型不再字正腔圓了，他的表情很暗，他卸下了一切的粉墨，在街頭行走，後頭與前面已經沒有攝影機。他不為誰、不為哪齣戲演著老人，他把自己扮得很老，而且演得自然，而且還會更老。我認出葛香亭，就跟著他，必須扮演間諜，不能跟得近、也不許走得快。走啊走啊，我流了滿臉頰淚水。葛香亭的兒子葛小寶是著名諧星，沒他老爹一臉正氣，盡搞笑。他不靠脂肪已能搞笑，到肥了一身肉，更能搞笑了。但仍在反共復國哪，這一身肥油是不能繼承衣缽了，所以葛香亭之後有了梁修身，繼承銀幕正氣。

我乍見葛香亭，心裡叨念著死了死了，葛小寶死了，所以一個老人，獨自走上重慶南路，他要是走盡重慶南、北路，再轉進重慶東、西路，這便光復大陸了？難怪這城市，永遠沒有一條馬路，同時擁有四個方位，至多就是南、北，再嘛東與西，再嘛不是東西。

反共抗俄會疲憊，口號是要老去的，我沒想到，這些口號忽然壓縮成一個老人，與他病殘的腿，就在我公司的騎樓下，一跛跛，猶如河流進入荒冬，枯槁、沙乾，沒有一滴水能夠維持圓潤、沒有一滴眼淚不是苦澀。我可以透過無所不在的網路，查詢葛香亭逝於哪一年，因為自從那個上午，陽光斜斜映在他一遲一動的身影，我猶豫著沒喊出來，您是葛大哥、葛叔叔或是葛爺爺以後，葛香亭再沒走上重慶南路了。我背轉身體上樓、葛香亭與周夢蝶一樣，背轉或側轉方向，過武昌街與開封街等，我都不知道的。只知道那是斷裂。沒有預兆。

葛香亭最後消失的身影就在公司樓下，一間眼鏡行前，我第一回越過他，直接上樓，因為快九點，我上班要遲到了。

我上樓，當然沒遲到，可沒想到的是第二天、以及無數的第二天，我再沒見過葛香亭了，一跛一走的姿態宛如訣別。若街道正如河流，這些個日子，葛香亭是以秋天的流水模樣，經過重慶南路。沒有聲音，與周夢蝶一樣安靜，沒有人問詩，沒有人索取他的簽名，他走得很遲、很坑巴，如果是流水該是嗚嗚、哦哦，儘管艱困，但依然撞擊出水的火花。水是一股意志。它努力往下流、拉扯漂流木撞上河的兩岸、它激盪許多個山坳與壺穴，這些都是意志。意志只會有大有小，但不會停止，於是一汪細細水流，都能劃開一塊岩石。葛香亭走在我前邊，他的肩線傾斜，再無法掛上班長的軍階，他的腿一拖一進，愈拉愈成了方形，再無法快步跑過沙灘，緊盯著碉堡中一挺不斷擊殺夥伴的機關槍，他必須格斃敵人，或者死抱機關槍壯烈成仁。這兩種英雄葛香亭都演過。這當下，沒有鏡頭、沒有機關槍，葛香亭是他自己。我卻不允許葛香亭只是他自己，我看到了葛香亭不斷地喊著衝衝、殺殺，不停地喊著漢民族的魂魄。

我失了魂的時候，真的殺出來一個人，剎那間，整條重慶南路像起了一陣痙攣，那是我與歌劇男神的初遇。許多人跟我一樣，忘了前一刻忙甚麼、走甚麼，一律停下腳步，遙望聲音的來源。街道變身歌劇院，有個人非常霸道地占據馬路，舉辦演唱會，行徑囂張，就像《哆啦A夢》裡的胖虎。歌劇男神的歌聲是好的，很清亮、很蒼翠，讓人誤以為沿河兩岸而走，將識桃花源。我絕無此勇氣放喉高歌。我們都好奇他是誰，長甚麼模樣，歌劇男神單車溜轉，騎進武昌街，隱約可識年紀中年，個子不高，穿白襯衫，一頭亂髮則很貝多芬。

是哪，那是一道激流，剎那大雨傾盆，落勢兇猛，嘩將過來。這一刻，重慶南路行人跟一些低樓層的上班族，都感受山雨逼至，歌劇男神與他的單車、歌聲，在重慶南路劃下一道記憶的河流。我認識的楊姓藝術家愛用漂流木當素材，楊說，漂流木就像人。絕大部分的漂流木，體型都大過人。楊藝術家拿鑿、拿槌，有時候用鋸子處理，再貫穿以鋼絲、銀線，再以紅以黑以黃澆漆。一個重要問題是漂流木從上漂流到下，它們還是太肥了，這樣的噸數無法架上牆壁，成為一個題目、一種展示，這時候，是鋸子的天下。

楊藝術家貼心地在展區，掛上漂流木的原始照片，以及裁切、創作過後的作品，我對比前、後，發覺一條河流對漂流木所能做的傷害，比起楊藝術家，是微乎其微了。幸好，楊藝術家是有堅持的，留下河流、岩石、流言、政治等等，在漂流木身上種下的傷口，讓一個撞凹的縫口，成為畫像裡男人的咽喉。畫，變成立體了。這幅畫題目叫做《聽見》，鼓勵觀眾，湊近耳朵，聽這梵谷打扮的男士說甚麼，聽它還沒有成為畫作時，這塊木頭說些甚麼？不一定都能為漂流木留下深邃的一道傷，有時候是挫傷，比方說，汙損的幾片豆腐乾大小，正是女人漂亮洋裝的一截毀漬，女人迎著光、迎希望，渾然不知衣襬下，一塊骯髒。這幅作品很機巧，名字叫《無題》。

我想，如果有一天楊藝術家撿到了周夢蝶、葛香亭、歌劇男神這幾塊漂流木，該怎麼剉、該如何鋸？得施甚麼顏色、要畫成動物、庶民還是政治明星？人，自然無法撿拾，楊藝術家可以在漂流木上創作他們，留幾個適當的傷痕，解釋詩與反共復國，說明重慶南路怎麼奔流，但讓我感到意外的，我真在騎樓下，撿到歌劇男神了。

歌劇男神在重慶南路與開封街口，發放傳單。動作很快。不容你說不、或甩手離開，傳單就塞入你手。他習慣發一份，右腳往前踏一小步，有點踢踏舞的味道了。個子真是不高，恐怕不到一米六，儘管我曾與歌劇男神正面交錯，但從未認出他來。我拿過傳單，走了一會兒路，背後忽然傳來許久未曾聽聞的歌劇高音。我倏然向後看，正是男子發完了傳單，跨上一旁單車，朝整條重慶南路，唱將起來。

我追出去了嗎？我以為自己遲疑，其實沒有，我無法想像一個發放傳單的男子，怎麼可以跨騎單車，變成另一個人？我想起曾與孩子守在電視機，看莫拉克風災把平靜安詳的知本溪，變作滔滔大水，與孩子牽手走過的公園已埋在水裡。水，沒有止息的意思。它，憤怒嗎？它悲傷嗎？沒有人知道一條河的意思，一條河的想法並不來自一條河，來自季風的移動、洋流的變化，或者如物理學家說的，來自加州的一隻蝴蝶，為了躲避麻雀的追捕，不小心多搧了幾下翅膀。著名的「蝴蝶理論」，或許無法詮釋金帥飯店崩毀如脆弱的積木，但都解釋了水。水，不管綠代與藍朝。

我看著螢幕，不禁高喊，倒了倒了，金帥倒栽河水中。沒有其他樓群跟金帥手牽手，一塊倒栽，沖入太平洋。也幸好沒有。

我追出去，看著歌劇男神的背影。果真，白襯衫、貝多芬亂髮，他跨坐低矮的單車，彷彿是為了讓天空離他的視線更遠，然後他唱、又唱、再唱。如果聲音可以反彈，我好奇，歌劇男神唱了這些年，聲音反彈了甚麼樣的影像給他？無意、但有幸聽聞歌劇男神的行人與上班族，在風雨欲來的高音中，是淋了風雨，避開街的壞年頭，還是逆著時間，看巍巍大樓如綿亙峻嶺，迎山風如車流、迎急雨如人流，在一切都往前跑、並且崩壞的時候，獨力撐開一些耳目，讓自己，在街頭漂流起來？最理想的漂流木，得有兩個質地，一是時間、二是傷痕。最理想的漂流人，也是時間跟傷痕兩種質地，他的方向是下到上、東往西，他也一邊創造、一邊崩毀。

歌劇男神這回沒在武昌街轉彎，他騎過周夢蝶擺攤的彎角、經過葛香亭一跛一拖的騎樓，他還往前騎，經過第一眼鏡行、星巴克咖啡，再往前，就是台灣銀行跟總統府。有這麼一條法嗎？如果把一條河流，開進凱達格蘭大道，會犯上甚麼樣的罪？好奇的不單是我，還有其他路人，都探向路的下游。他及時轉彎了，甚麼事情都沒有。

剛剛歌劇男神遞給我甚麼傳單呢？我從口袋取出來，印著書店名字與地址，旁邊，則註寫了一行詩。那幾個字，都像水一樣，漂了起來。

HOTEL B7
HOTEL B7

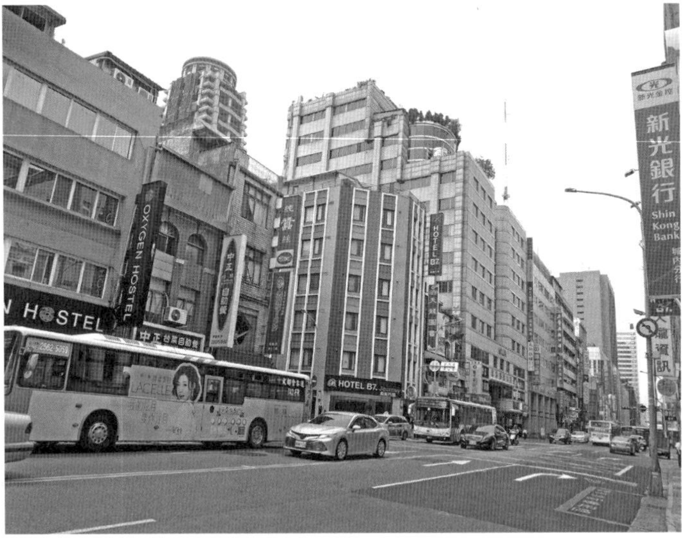
OXYGEN HOSTEL
HOSTEL
HOTEL B7
新光銀行
Shin
Kong
Bank

售租
各種坪數·辦公
店面·透天·住宅
城中區租售中心
裕生銀樓
SUBWAY
STARBUCKS
COFFEE
STARBUCKS
COFFEE
0700-0900

重慶南路一段十一號：小書齋與胎毛筆

我認真跑過一回重慶南路的毛筆專賣店。那在一九九七或九八年，我收集了幾撮孩子的頭髮，藏在背包裡，想去問胎毛筆怎麼製作。小書齋與勝大莊我都進去過，並聽到與我有同樣需求的新科爸爸、媽媽，代我提問，胎毛筆怎麼做呀、又如何收費？

新生兒滿月之前，可擇在第二十四天，舉行剃髮儀式，慎重撿拾可以用來製作吉祥平安的胎毛筆。天下父母心，都希望孩子聰明伶俐，讀書如意。那之後剪下的髮就不是胎毛，而且顯生、顯硬。胎毛筆講究祈福，它像前世帶到今生的禮物，當胚胎受孕、初具人形，開始滋長煩惱絲前，裁下它最初的無憂無慮，為今後寫下多愁多傷；胎毛筆的運握，抹平未來滄桑般，給我無盡想像。

小書齋與勝大莊，筆叢叢、字畫也叢叢，當時已經寫作十多年，與筆鎮日為伍，最初用原子筆、後來使用鍵盤，對於傳統文房四寶，當它們隆重擺設、打上燈光、放在玻璃櫃中展示，卻讓我感到緊張。國小學寫書法，到文具行買羊毫或狼毫毛筆，一枝不過幾十元，但現場的任何一枝筆的單價，已超過我過去筆的總價。製筆是工藝，說是「羊毫」還真是取自山羊，不是隨便張貼標籤，最好是放養山羊，經浸、拔、剪、齊、梳、曬等，近百道工序。據聞每一隻羊僅得產筆料毛三、四兩，我想像那隻山羊，該怎麼被製筆師傅又裁又剪，才能得到那一點筆尖。

狼毫的「毛」真的取自「狼」，不是常聽聞的大野狼，而是黃鼠狼的尾尖之毫。製筆的微毛難得，多數的劣級筆多以尼龍毛取代。我感到欣慰又感動，我背包裡的胎毛，可是千真萬確，雖未必在第二十四天剪下，但絕對第一剪無誤。

小書齋創立於一九八五年，現在的女主人是李曼君。夫婿郭小小因為自行製筆，於小書齋寄售，因筆結緣結為連理。郭小小四十歲開始練字，覺察自家的筆未必枝枝好寫，開始臨摹、研究字帖。每一款字都有其應對的軟硬，羊毫、兔毫或狼毫，也如名家書帖，用得對才能使巧。李曼君招呼來客時都會問用途，寫或畫、哪一種書法？她好意想問出來客適用的筆，可當時，很可能那麼一問，使我膽怯了。

有幾件珍貴資產是新生兒專利，過了就沒有了，胎毛筆是其一，其二是臍帶血。我從電訪人員、廣告，以及極少數從事生技業務的親朋好友處，得知臍帶血保留珍貴的生命圖譜，萬一孩子長大發生任何不測，迫使當代科技束手無策時，小小的臍帶血變成資料庫，提供個人的命運解碼。我多麼心動哪，當我手持彩色說明書，上頭主角是一個嬰兒，接連著少年、青年及老年，他們都籠罩在嬰兒的保護、他們的保護都來自父母的未雨綢繆。像是為電腦買一套防毒軟件，且終生受用、遺福無窮。

留存一個試管的血，一年得數萬或數十萬，我只能摟著懷中嬰兒，祈禱他無災無害。別說臍帶血，連儲蓄壽險我都謝絕了，我初為人父固值得一喜，然親朋不知曉，我也經歷工作變動，短短十個月，我先後辭去無生道場與《時報周刊》編務，就為了浪漫地當個「奶爸」。

無生道場主持是心道法師，我前後待了三四年，當過企劃、雜誌社主編，並接受任派，大膽扛下歡熹出版總編輯一職，曾出版心道法師禪語今解、翻譯大家林水福的散文、詩人陳克華則以現代詩詮釋《心經》。道場組織變動，風聲鶴唳，即將樓塌瓦散。時至今日，我應邀他處演講，不少單位自行查詢我的介紹詞，「歡熹文化總編輯」常赫然在列，我時而糾正、時而不說。那個職稱，讓我想起曾經一塊服務的任彣、瓊美，以及法性師、淨念師。

我沒有用自己胎毛製成的筆，但「歡熹文化總編輯」像是網路為我的「前世」，所寫下「胎毛字」，我都忘了，它都還忘不了，而一次次被提醒以後，我也決定不要忘記。

店家承製的胎毛筆都會有保證卡，連筆桿也考究，黑檀木、紫檀木鑲貝殼花筆桿、紫檀木筆桿、牛角筆桿、黑檀木鑲貝殼花筆桿等，我從小寫書法多年，大約只握過竹子或牛角，或是塑膠製作、卻仿作某一種檀木了。惶惑時期經過文房四寶店，才更察覺它們的傳統跟古典已成為價值，每一枝費心製作的筆跟硯台，如同宜興茶壺、名家字畫，落款。他們的落款是一種負責、一款看見，筆試個性的工藝了，而非大量製作、無名無姓的任何一枝筆。

臍帶血年繳費率高攀不起、憂儲蓄壽險繳不了款成為斷頭戶，本以為胎毛筆可以略盡心意，可是我在現場聽了又聽，搔搔腦袋、抖抖衣襟，還是沒能鼓起勇氣下單製作。

我在重慶南路書店逛了一陣子。一本書都沒有買。我的奶爸歲月，一本書、一條牛仔褲、一片我喜歡的搖滾，都一一絕緣。那些日子是沒有油水的，沒有一件是新的，樣樣都舊。

一九九七年中，我離開無生道場，八月到《時報周刊》上班，當時的編制我記得深刻。小說家賀景濱是我直屬主管、再過去是小說家張國立、詩人林彧，對面則是詩人王迺聖、徐望雲，隔一個走道，是對我照顧有加的高靜芬。我很早就幫《時報周刊》寫稿，在高靜芬的藝文專區，寫畫評並曾大量採訪漫畫家。

一九九八年過年後，我辭了周刊工作，有房貸要繳、尿片與奶粉費驚人，而太太受累遠流出版子公司「元尊」解散，法令不衡，領了區區萬餘元，就挺著八月大的肚子走人。天知道，我在那個節骨眼竟還浪漫地想當一回奶爸。

我自然是買不起，孩子唯一的胎毛筆了；而誰也付不起，我與孩子私密相處的每一天。

人生海海，有時候必得阿Q一下。我來與回，行囊如一，帶著孩子的一撮胎毛。

點潮汐

在課桌上學習毛筆字，研究哪種品牌的墨水汁好聞、哪款硯台容易磨墨，或者打翻的墨汁潑灑到地板與衣服，曾是許多人的共同回憶。約莫與「週休二日」同步，學校上課堂數減少，教育部斟酌課務，以英文、數位學習為重點，書法離開正式的課堂，成為選修，或者得在社區等課程中，才有機會重持毛筆，政策衝擊，以筆墨為主的文具行逐漸沒落。

再訪小書齋，我安靜巡看，對於自己連筆都沒能買一枝，感到羞愧。洛夫「號稱」五十歲開始習書法，後來成為書法大家，知名的「醉酒」品牌即出自筆下。我也有幸請他題字「遺神」，作為書名，細問才知，洛夫半百之前已經醉心書法，專心練字則是其後的事。我太小看書法了，任何一種技藝都非一蹴可幾。

狼毫或羊毫等，只取一點微末製筆，為了能捺、能撇的筆尖，據說製筆業者都得自大陸進口，兩岸戒嚴時代，只好走私，一丁點一丁點，從海或空帶進來。
所以說，怎能不尊重一枝筆……

西門町問路

一早穿越西門町，不是很多人擁有的經驗，一般都等到商店開始營業，才陸續看見遊客。大約也沒有人，會一早站在它的街頭，西門町是一座商業城，街廓不大，長寬約莫半公里，中華路、成都路、西寧南路、武昌街最為擁擠，到了開封街人潮漸少。

西門町得名，是位於台北城的西門外，日本統管台灣時，還一片荒蕪，日方仿東京淺草區，在十九世紀末漸漸設置娛樂設施。我的高中年代是西門町全盛期，與同學逛街、看電影，都跑西門町，當年三姊夫為了追求三姊，討好未來的小舅子，就約在「獅子林」，觀賞當年的熱門電影《閃舞》，再到萬年大樓地下室吃蚵仔煎、牛排，忘了是

否造訪臨中華路、少男少女的夏日朝聖點，「大方冰果店」。

我一九九九年到幼獅上班時，西門町漸漸沒落。東區正在崛起，儘管一〇一尚未興建，信義計畫區的大型購物廣場，仍在野草與野風之間，窺看它的未來，當時的「東區」主要是指忠孝東路四段、五段，大型百貨公司設置，個性小店林立，且大馬路的背後、以及更背後，開美式餐廳、日式料理以及精品服飾等，順利把人流從大街引入小巷。我大學就讀高雄中山大學，有一次參加「無殼蝸牛」抗議，夜晚就躺在忠孝東路上，抗議它的高地價、高房價。

街衢是一種翹翹板，人流向東區，西區當然人少，西門町老舊、建築物難以興建擴大營業空間，要知道西門町的舊，是不需要深入其間的，沒有斷電與停電，西門町的燈光都走不遠，老沉、昏沉，飛蛾都不來，何況是人。

冷清時刻經過落寞的西門町，潦倒的時尚玩意，還在掙扎，起源於六〇年代的「紅包場」，招牌依然立得高高的，一樓底下演出的海報還貼著。當年許多軍官、軍眷隨國軍撤退來台，有店家發覺鄉愁可以變成商機，開設模仿上海的歌廳，還為歌手取名「小周璇」、「小白光」等稱號。上海歌廳沒有「紅包」文化，聽眾為了鼓勵自己鍾愛的歌手，把錢放在紅包袋，直接遞給歌手，歌廳在台灣也有自己的文化了。

我許多次看著海報，想像男主角與歌手的黃昏之戀。因為捧場掏錢的，幾乎都有年紀了，在台下聽歌，以及讓伊人走下舞台、廚房以及房間，是多麼豪奢與浪漫。我想像他們的發生。

板南線的開通，連結東區與西門町，是西門町再生的契機，但就一個每一天都得經過西門町的我來說，倒是察覺對大陸開放自由行，是把人潮又拉回來的原因。

西門町根深柢固的青少年文化，以及狹隘的街道，很難吸引大型團隊，雖然我親見過幾回，嚮導拿旗幟，在成都路與中華路交接的小廣場，叮囑中華路鴨肉扁、峨嵋街阿宗麵線、成都路上的上海老天祿、成都楊桃冰與蜂

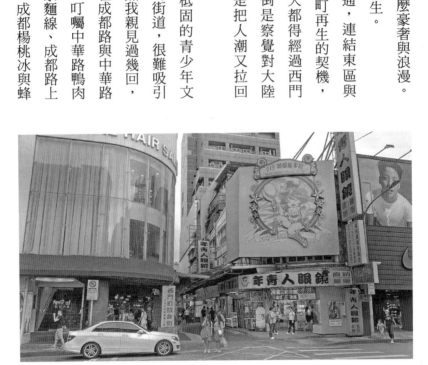

大咖啡等美食，並交代集合時間，團體旅客即鳥獸散去；但我見過最多的是背包客、年輕族群，在一九九九年，早上七、八點經過西門町，以及二〇一九年經過，那是兩個世界了，前者荒涼，後者雖談不上摩肩接踵，遊客陸續，始終不斷，我上週被問總統府該怎麼去、前幾天被問北門在何處，今朝則被問了紅樓怎麼走？

日韓以及港澳遊客當然不少，比例上，大陸遊客更多了。跟重慶南路一樣，許多廢了、舊的大樓蓋成旅館，一個香港朋友到台北辦活動，落腳西門町巷弄處，房間兩坪不到，但他們在意的不是房間大小，而是走出去了，再去發現台北的大。西門町雖有「台北澀谷」之稱，但澀谷面積大多了，情色招攬更讓人側目。現在的真善美戲院一樓，十幾年前曾是麥當勞，它的不可思議處是顧客兩極化，男的很老很老、女的很小很小，它接連傳出曖昧，老爺爺與小妹妹相偕走出速食店。除了犯罪，我還感受到敗壞的寂寞，歲月與肉體的傾斜。有一天速食店不見了，慢慢變成今天看到的模樣。

穿越西門町再接衡陽路，轉沅陵街、銜重慶南路，是我十幾年的上班路線。上午的衡陽路，人潮倒是多過西門町，我們都步伐急促，逆向的得閃閃躲躲，同一個方向的，我考慮是否加快腳步超越。上班上班，緊箍咒一樣，大家都有一個習慣，盡早盡早打卡。一回有個朋友問，我在重慶南路待這麼久，一定知道「龍記搶鍋麵」嗎？我不是老饕，加上麵店地點隱晦，途經衡陽路雙號騎樓，很少人會留意有一條狹仄如「摸乳巷」，再往前即豁然開朗，老闆就在店門前架瓦斯爐與鍋具，快炒、煮麵，有肉絲、有芙蓉，就這兩款，再多也沒有了。可是單單這兩款就吸引人龍，一批一批。

「搶鍋麵」就是北方的「熗鍋麵」，用麻油、花椒等熗鍋，再加入肉絲、海帶絲、青菜葉等配菜炒，龍記的做法自有不同，我邊等麵上桌，邊瞧了一會。「熗鍋麵」成了「搶鍋麵」是因為食材快炒處理時，一方面同時煮麵，再將快炒的肉絲放到碗中、盛在已經煮好的麵湯上，這很像我同時在廚房煎牛排，一方面又炒青菜，得兩頭兼顧。「磨合」的定義理當如此，兩具爐火、不同食材，各有各的沸點與甜蜜時，不手忙腳亂，腦袋得掛有兩只時鐘。

說來慚愧，我是在朋友催問下才找到「龍記搶鍋麵」，試了原味，再加上麵攤館少見的大蒜末，更添濃郁，最後加上醋，等於一套搶鍋、三種品味了，而且一層更進一層，難怪店不管巷窄，依然人潮洶湧。

穿越西門町，我在每一天的穿越中，看到它生冷以及再度有了爐火，街衢大致一樣，人潮大致一樣，我也大致一樣，但我不知道誰會是下一個問路的人，而上一個問路者，必然已經遺忘我了。

點潮汐

西門町留有很多人的青春記憶，這份記憶正在推移。父母帶孩子逛、或偕父母一塊來，遊客成群結隊，不單少年，小的、長的，也不在少數。一個地方要怎麼被記憶、如何被命名，西門町有各式各樣的店、包括個性刺青等，應有盡有。

直到陪朋友進入到他狹仄的住房，才知道太空艙式的經濟臥鋪成為新興勢力，旅客遊憩，成天跑外頭，睡榻之處只求安靜、安全，寬敞與否其次考慮了。

我們幾個人在外頭喝飲料小憩，閩南語、國語、廣東話、日文、韓語等，一桌桌排開。西門町正在擴大版圖，往上、往下，也朝東、轉西。最可喜的紅包場歌廳還在，那源自上海的奢靡浮華與青春無敵的西門町，就樓上與樓下，相安無事，不交談也甚歡。

金石堂與現代詩

我有一段時間寫詩。八〇年代中，詩刊如《曼陀羅》、《薪火》、《藍星》、《創世紀》，以及中部的《笠詩刊》等，不管資歷以及所標榜的詩主義，皆人氣暢旺。很像這幾年，寫新詩、出版詩集，成為顯學，讓詩集擺脫票房毒藥汙名。

每想起短暫的寫詩歲月，我便想起金石堂，這個古怪的聯想一點也不古怪，金石堂作為台灣第一家連鎖書店、並以排行榜帶領閱讀風潮，竟在八〇年代，在它的忠孝東路分店，堂而皇之擺上各種詩集。現代詩在當時的興盛，我一直沒找到合理解釋，與余光中從香港回返台灣、且任職中山大學有關？戒嚴時期，文字敏感，寫詩，以晦澀歧義讓思想偵查無以下手？純粹是詩詞傳統的回歸，以詩的美妙呼喚吾輩投身懷抱？或者瘂弦任職《聯合報》副刊期間，捧紅席慕蓉，寫詩成為餘波；抑或「你的心是小小的窗扉緊掩／我達達的馬蹄是美麗的錯誤」，鄭愁予鼓起詩情與浪漫？或者與當時的民歌息息相關，我們唱著被譜曲的詩，也寫著詩，希望被吟唱？

我懷念那個詩歌年代。九〇年代初，我參加台中縣政府舉辦的文藝營隊，青年詩人於會後慷慨激昂地說，他要籌組一個詩社，那副豪情我記得清楚，宛如滿清末年，青年志士舉大旗、宣大志？那是一個因為「詩」而雄大的時代。

我有幸參與現代詩的興盛，青年詩人林燿德當時當擔任中國青年寫作協會祕書長，籌辦文藝營、研討會、參訪等，創意無敵，每思及總懷念與遺憾。遺憾他未及三十五就走了，不然，他能為人間展演更多文字魔術。林燿德曾為年輕寫作者開辦新詩賞析班，並擔任導師。小詩人寄稿給協會，再轉給批閱的前輩詩人，為我批閱的詩人是管管。

新光銀行
金石堂書店

我鄭重存放詩人手稿，只是歲月的空隙太多，忘了放在哪一個夾層。現代詩詭異地紅了十個年頭，在金石堂暢銷書與新書陳列架上，毫不客氣地占據了好幾年。金石堂發行的《出版情報》介紹本土與東、西方翻譯好書，企劃專題討論版權、翻譯，並介紹作家，選出年度出版人物，詹宏志、楊照等都曾入列。書店於一九八二年成立，八三年在公館汀州路成立第一家複合式書店，結合圖書、餐飲與服飾等，一九八四年五月在重慶南路開了結合文具、咖啡餐飲以及電腦售票系統的分店，建築前身是百年建築，金石堂的入駐，讓重慶南路書街更具氣勢，也成為地景座標。

金石堂城中店，於二〇一八年五月正式熄燈，結束營業消息一出，我多次經過，見人潮不斷，與之前讀者三三兩兩，呈重大對比了。我擠進過一次。它的一樓右側，往常擺放各式雜誌，幼獅公司距離書店僅兩分鐘，我常駐足雜誌區比較各式書籍，汲取養分，許久沒來，不知它何時另闢禮品區，兜售台灣精品，以因應愈來愈商旅化、愈來愈不像重慶南路的重慶南路。如同它的售票系統、咖啡與餐飲，都是隨著時代的需要，一一添附了。

金石堂的嚴峻挑戰是誠品書店於一九八九年創立，以閱讀的清流作為知識傳播的燈塔，享譽之高，讓「賣書」這件事情不只是賣書，而成為文化，我有一位朋友幫誠品寫文案，據說不收費的，義務幫忙，一系列創意十足的文字與活動絕佳配合，誠品的成功也造就了朋友的成功。誠品以敦南店為基地，順利拓展成今天的宏大規格。誠品的成功有其多重創意，但有一部分是跟在金石堂後頭的，比如複合式經營、發行《誠品好讀》等。九〇年代，提起誠品與金石堂，都認為後者俗了點、商業氣息濃了些，且氣氛、擺設、書籍呈現、與讀者的互動等，誠品件件燙金，金石堂雖然有了那個「金」字，卻是含銀量居多。

金石堂與誠品的經營模式，不是我可以言說的，只是恰恰在一個年頭同行了一段路，目睹兩個書店通路的興起。逛金石堂城中店，讀者的成分不同誠品，文青極少，學者、學生與上班族居多，不少大陸遊客到公司訪我，下一個景點經常就是誠品信義店，消長之間，立可判斷。

我依然常跑金石堂，一樓暢銷與新書，有幾個櫃子擺放學術叢書，二樓主要陳列文具，三樓作為餐飲，並隔有一個小空間當發表會。有一次我應邀為楊美紅新書發表擔任主持，會後獲贈貴賓卡；記得我在該牆上簽名了，挨著人潮擠進熄燈拍賣會時，找了半天，竟沒有找到。牆，正面、左邊與右側，簽名處或高或低，有隸書霸氣、有小楷娟秀，這是多少年的累積，迴盪了諸多理想與心事，而今將要一一拆解。

有一次回金門，老家正逢整修，斑駁的木製門板被拆卸一旁，我以為它們會被審慎保管，豈知灰飛煙滅，我不知道這一面植滿回憶的牆，會移向哪一個時空？

搶買書籍的人非常多，結帳、補貨速度快了十倍不止，像要把這十幾年來的冷落都一起補滿了。正式結束營業了，創辦人周正剛率領三十四位員工著黑色衣服，上頭

印有「城中記憶」幾個白字，黑色底、白色字，正把一張紙倒了過來，那多麼隱喻啊，關於一座書城怎麼走在年代的前頭，補給人們的心靈，又怎麼在時代與人情的變動中，把燈給按了。

我倉皇離開金石堂時，它依然輝煌，歇業倒數三十六小時不打烊，我沒有再擠進如跨年晚會般的人潮裡，關於一座書城，我與它的告別該是安靜的。九〇年代以後，我不再寫詩，短暫的寫詩歲月與金石堂城中店的三十四年，無法並比，只是它們的離去都顯得匆匆，尤其當原址變成商旅與其他、尤其當它打開了另一種燈光，我知道，它已是歷史的隔間，就算我再努力召魂，也常常找不著詩的韻腳。

點潮汐

經過停止營業的金石堂城中店，它的黯淡更顯隔鄰天龍書店的蓬勃活力。天龍圖書負責人沈榮裕已六十好幾了，依然活力充沛，我與天龍當了十幾年不認識的「鄰居」，發覺沈老闆經營手腕靈活，八〇到九〇年代，資訊成為熱潮，天龍搶灘在前，沒有書店比它的資訊圖書更新、更完整。兩岸啟動更多交流，且大陸印刷品質跟上來以後，天龍也賣起簡體書。影像漸漸發達，但還沒有數位化時，天龍的影像進貨量非常驚人，飽足了當時不少學子的求知欲。

印象中，天龍書店幾年就一個變化，不僅對應當下、且創造當下的需要。沈榮裕身兼重南書街促進會理事長，取經日本書街辦理活動等，以求復興書街榮耀。天龍書店一度還把書店移了一部分，出租做咖啡廳。它的擺設不怎麼講究，直接用各種精選的主題書，幫書店說話。

這一招管用的。那麼多人都聽見了，收銀機的結帳聲，也叮噹叮噹地響了。

入夜聽見中山堂

入夜的中山堂，我每回進，都慣習把腳步踩重一點。一個影癡朋友倒是喜歡那股幽暗，等影片開始的閒暇，就二樓穿堂休息區的椅子上，懶懶靠著。他睜眼，當然還在二十一世紀，而不會聽到「立正、唱國歌、大會開始」等口號，而若真恍惚聽聞了，會以為那是還沒播完的電影，正在密閉的門後，檢視他們的忠誠、犧牲，以及或多或少的不自由。

朋友知道我所說的，是中山堂國民大會的會址前身。

更早一點，中山堂是正副總統就職典禮會場，政府接待外賓，作為國宴會所，曾招待美國總統尼克森、南韓總統李承晚、南越總統吳廷琰，以及中東等國元首與政要。目前，仍時常浮出新聞檯面的

《中美共同防禦條約》，於一九五四年在此簽定；一九四五年，日本投降，陳儀將軍接受盟軍最高統帥麥克阿瑟委派，成為台灣地區受降代表，中山堂是第十五受降區。那一年，中山堂還稱作「台北公會堂」，肇因一九三一年，日本總督府紀念昭和天皇登基，由總督府營繕課井手薰設計，歷時四年，興建完成。

我留有深刻印象的是，國民大會召開時，透過黑白電視機，可見年紀耄耋的國民代表，全體舉手同意總統續任。「投票部隊」是後來的詞彙了，當時只覺得他們的舉手是擘劃民國的未來，他們的靜穆並非一言堂，而在一個風雨飄搖，我們只能迎頭抵抗唯一的風勢。

我把腳步踩重了，因為中山堂的暗，與燈光盞數無關，可能藏了太多陰霾，關於時代、人的、權力的，我的步伐有了「去、去」的意思，不是驚嚇，而是同情了。

我無從考證中山堂成為「廢址」的時間，有一陣子經過它，大門深鎖，隨著國民大會任務的終結，它也走入長巷，深怕再發出一點跫音、深怕讓人再想起一個老威權的年頭。

九〇年代，台北市政府文化局託管中山堂，開始一連串復活行動，我參加過好幾回詩歌節，廖咸浩擔任北市文化局長時期，他能言善演，多次擔綱演唱，瀟灑身段與磁性嗓音，成為最美的夜色。龍應台年代，周夢蝶應邀朗誦，有一回感冒，邊吟誦邊流鼻涕，一馬當先衝上幫老人家擤鼻涕的不是工作人員或我或文友，而是龍應台。直到多年後，龍出版了《天長地久》等家族書寫，方知她照顧老母已經多年，人溺己溺不是台詞，而是最美的行動。

我有一次走進中山堂後場，幫一位老太太送資料，跟管理員打過招呼，摸索到中山堂裡邊隔間。燈具、攝影器材，與大小不等的箱子堆擠在一塊，一個嬌小女子應聲而出。那是老太太的女兒。老太太頗有「招婿」意思，讓我倆在一種鬼魅氣息裡見，壓根不知我已育有一子。

老太太是「幼獅文藝」寫作班學員。二〇〇〇年，我觀察雙北藝文環境，在悠閒與遊憩之外，如果能夠辦理一個學習處，也是美事。都說「多做多錯、少做少錯」，但那是個捨我其誰的年紀，在不被公司看好的情況下，在劍潭辦理第一屆寫作班，招生學員七十二人，還有候補十多名。老太太該是第三屆、或第四屆學員，名字我忘了，但記得她生母在南部、養母在迪化街，她後半生最大衷願是在平反兩位母親委屈，彰顯美德。她的熱誠與孝心感人，我曾兩次修潤稿件，一次刊登在《幼獅文藝》，另一回則在報紙。

一天早上，她來電，說是指導旁人，聯手寫作的文章，報社要刊登了。那陣子，我習慣接她的無預警電話，雖然頻率漸低，報喜的這一回，像是最後一次了，似乎隱喻，此後別去，文途順遂。她女兒甚麼模樣我也忘了，只記得一個小小人形與周遭的灰撲撲；那個暗處，陳列打亮中山堂大廳的種種器材，一個女孩子家站在那兒，輕飄飄，像要被灰陰背景整個吸附了。

二十一世紀，中山堂一樓開放做活動場，表演、播放電影都可，二樓開設咖啡廳，我多次就它的堡壘廳，招待文友下午茶，有一回則與其他評審討論清華大學文學獎，當時的承辦人是還沒出版《幽魂訥訥》的顏訥，清新素顏，貌美無瑕。

健忘如我，寫過的情節、人物，都憶不及，壓根兒都忘了這些細節。我能被召喚，很可能在一年的冬天，招待北美作家嚴筱意、龔則韞及其夫婿，把中山堂仔細地逛了一圈，還包括三樓的「台北書院」。人多，不需要把步伐重踩了，而一步一步走，有些點滴自然垂漏了，中山堂內，長有看不見的、屬於我的鐘乳石。

影癡朋友燈亮、離場，在虛構與現實之間，難免恍惚了，我領著龔，到中山堂對面、一九九九年由行政院籌建的「抗日戰爭勝利暨台灣光復紀念碑」，也有隔世感。碑文，自有碑文的意義，只是新舊兩個世紀，台灣已從「日據」而做「日治」。本土風潮席捲，事事都政治了，一個詞彙的使用也是政治立場的選擇，我厭倦了這款氛圍，常說「日本在台灣」的那五十年。碑石寬敞壯觀，夜裡的燈光投射，然行人匆匆，逗留者也少見佇立與閱讀，這是我帶龔踏訪的原因。

中山堂本名「台北公會堂」，一九四五年更名中山堂，無論哪一個名號，它也不願意被掩埋、被遺忘。一天，中山堂蔡姓企劃寫來了一封信，主旨是索取我的同意書，為我曾經寫過的一首詩。

……真有此節。我進入雲端硬碟搜索，找到這一首〈聽〉：

聽

一大早，趕上班的皮鞋
與擠著參觀的球鞋
一一踏響他們要的聲音
每天上午，我都經過中山堂
聽一些滴滴答答

（神曲曾在今在永在）

中山堂，久不見誓言了
當年的老人一一排隊成為歷史
我也排著隊，立誓會變老
有幾回，我坐在它對面的抗日紀念碑前
看見戰火，燒成了台北的雲

點潮汐

中山堂、武昌街附近，有家「雪王冰淇淋」的「口味」非常特別，芒果、鳳梨屬平常，「九層塔」或「豬腳」的冰淇淋，則聞所未聞，這幾年搬到二樓，營運空間更寬敞。有一回，作家簡白邀我在西門町附近午餐，踱步到雪王，各買了杯冰淇淋。雪王還在一樓，擺設很日常，一個大冰桶擱在店前，褪色的招牌寫上驚悚口味的各式冰種，很衝突。

那樣的日常跟它的門前風景區卻很搭。幾株路樹，老人以及不老的、但時間從容的居民，於樹下擺一副棋盤，我傍晚經過，還能看見他們專注下棋，直到入夜了，才不見人影。

下棋，也日出而作、日落而息了。玩滑板的年輕人則在夜裡頂替了上來。一個空間，兩種時間，長相完全不同。

很少人停留在「抗日戰爭勝利暨台灣光復紀念碑」前，留意它的設計、外觀以及銘刻的字跡，歷史走過了，也變成日常風味。也許無須哀矜，而該慶幸陳跡再怎麼厚重，都會變薄。
薄一點沒關係，但願不要變輕了。

我在重慶南路的這天

坐上黑色、有扶手沙發椅，熟練地轉身且微微低頭，拉開我身後底層的木頭抽屜，裡頭有桂格、馬玉山等麥片袋。我持水杯到飲水間洗淨並盛滿熱水，在此遇見、且會打招呼的都是業務部門，朝氣十足喊好、喊早，其他單位的人、包括我，嘴裡都還含了一個夢，癡癡啞啞。我不喜歡在此碰到主管，尤其左右無他人，飲水間不屬於密閉，剎那間都真空起來了。

有幾回，行經彎處，即將踏入飲水間，察覺到主管在其間，都會悄然停步，調轉回去。裝好八分滿熱水，我倒入芝麻或堅果等口味麥粉，再打開麥片罐，直接裸手抓幾把。

我到小會議室找報紙，幾份大報都在主管房，中午時釋出，我抓了《經濟日報》、《工商時報》，回到座位翻閱，並靜待麥片熟成。有時候這兩份報紙不在，就是在財管部門同事那裡，她不會阻攔我抓取她已經看完，擺在她櫃子上的《經濟》或《工商》。有時候我能透過她讀的報紙，知道她當天關心的是匯率、還是宏達電手機出貨狀況，因為都會擺在第一頁，報紙有被揉皺的觸感，她不僅讀了，還是仔細的，她為公司操盤國內外基金，讀經濟版是義務，不像我，只是為了等待麥片熟成。

約莫九點一刻，我已經吃淨兩小包蘇打、一杯麥片糊，並囫圇地吞完兩份報紙。我的早餐長年如此，沒有煎蛋、三明治、漢堡與牛奶，一大早，腸胃非常素，與營養專家、新聞報導推廣的豐富早餐，完全沾不上邊。還好我這種人不多，不然早餐店、速食店恐要蕭條了。

電腦已經打開了，我進入信箱，裡頭有非常龐大、繁瑣的檔案分類，單以稿件一欄，即可分做收件、退稿、留用稿、已用稿、作者資料、作者聯繫等；以公司行政系統分類，有每月會報、主管會報、編銷會議、國際書展等，它們是我的時間的分布狀態。

網路速度不快時，我邊等信件入列、邊拿起擱在桌子左邊的或綠或紅公事夾。有些是會辦事項，如書展籌備期間，承辦單位知會會議時間；如主管敦囑各單位節能減碳；如印製雜誌的紙張沒了，上級勾選用紙，且常選了最省錢的那款。有些公文是承辦性質，辦理春秋兩季寫作班的經費預算、與文化部的類型文學合作，最辛苦的那回是二〇一二年底，為運籌二〇一四春，雜誌六十週年慶的改版計畫，透過編銷會議，進行了數十回合折衝，關於成本提高、營收損益，支出與收入能否在一個均衡的翹翹板上。

那在二〇一三年九月，改版已箭在弦上，老總忽然在正午召開臨時會議，鄭重看待改版一節。我臉色丕變，不知道按表行進中，哪一個環節螺絲掉了，大夥各自陳述，老總訴諸表決，財管主管、編輯主管反對，我跟行銷經理贊同，最後老總果決一揮，改版案按時推動。我急沖沖地請假到金門，已忘了何事到金門，那一個中午的忐忑迷離，以及總經理坐正面，我與其他三人的座次，一一清晰。

這是後事了。我在重慶南路的每一天，比較像是平緩親近的台車，而非雲霄飛車。

一整個上午，我除了跟鄰座的編輯討論或交辦事項、與斜對面的美編溝通設計細節以外，辦公室經常安靜。有一段時間，辦公室充斥少數人的聲音，我是那少數人之一，在網路時代來臨前，我給作者、前輩打電話，邀稿或者問候，辦理演講與評審等。一整個辦公室只有自己聲音，非常詭譎不安。我的辦公場冰涼，與人說話卻得輕鬆、溫暖。與話者必定以為所談內容是兩人私密，哪知潛在的旁聽者，已達兩位數。

長年來，從我的座位可以看到飲水間牆上一只大掛鐘，它每天為我報時，直到另一個組，在透明玻璃上貼賀卡、設計樣以及獲獎獎狀，終於遮掩了我的時鐘。上午，如果沒有會議，便是我的讀稿時間，在時代已經數位化、公司電腦卻未跟上時，我右手懸空按滑鼠、按滑鼠。一篇稿件從點選、閱讀、歸檔、回覆，至少得有七八回「鼠量」，積少成多地爬上手腕、手臂，整條胳臂痠痛難耐，我改以左手驅使，左手沒有救回右手，雙雙問診七八間診所，才在一位高齡中醫那裡，用針灸獲得救贖。

指針走到上午十一點五十分時，我蠢蠢欲動了，眺望、走看茶水間。公司的福利是代員工訂便當，我有時候是聽到了撕開包裝盒的騷動、或者聞到煎餃的氣味，直接取回便當。我拿自己的、以及同事的，多年來如一日。我臉現飢餓狀，幫自己找一個好理由提早開動。我桌上筆筒放一雙朋友送的筷子，泰國帶回來的，她不知道不經意地一送，成了我的吃飯傢伙。

我十二點一刻以前就吃妥了。暑假期間，單位來了實習生，我會留意同仁因事外出或請假，而多出的便當，很果敢地先下手為強，幫實習生省錢也省排隊吃飯的時間。

座位後頭櫃子，雜物不少，牙刷也在，盥洗後，我下公司，擠在覓食的上班族中。我走在散散落落的人群，有同個方向、有迎面而來的，我走進城中市場、右轉沅陵街，再接博愛路、衡陽路，回公司如廁、關燈午寐，大約十二點四十分了。我能很快睡著，醒來雙眼放空，伸懶腰、打呵欠，戴上眼鏡，瞧見掛鐘已快指向一點五分。

下午是上午的複製，看稿、審稿、行政、會議以及聯繫等，約莫有八成，工作性質是一樣的。我拿著不鏽鋼杯，到南陽街或者武昌街，買一杯黑咖啡，常在上樓時，看見財管部主管清洗虹吸式玻璃瓶，她已經幫自己以及老總各煮了一杯。我拿起擱在座位地上的背包，打開來，裡頭可能有一只待修的遙控器、待寄的掛號信、需補登的銀行摺子，我佯裝上廁所，卻沒有走向盥洗室，拎著私人物事，跟公司借二十分鐘，下樓辦理。

下午，是員工跟公司借時間的熱門時段，這是老公司的人情味，速去速回，無須請假。路上遇見同仁，大家心照不宣，微笑頷首，如果有訪客多數也在下午，我帶他或他們，打開會議室的燈光與空調，視來客到訪時間長或短，外出買咖啡或茶水招待。我們在室內，就文學、活動等交換意見，有時候是年輕的訪談者，針對我的創作或雜誌專題，彼此參詳。

下午三點半，我的屁股已與不透氣沙發皮緊緊相處六小時了，管財務的、處理總務的，在我眼前的穿堂上進進出出，我常感到肉體——經常就是臀部，豢養的疲憊感兵分兩路，一攻腦門，使我腦袋昏沉，另取下盤，雙腿如錘，貼緊地心引力，心想今兒個還沒跟公司借時間；我往樓下走，以前常在街上碰到問書店何在的學生、現多是問景點的觀光客。眼鏡行驗光師在騎樓下抽菸，一個擺攤的女人為躲警察取締，自個兒穿著展示，武昌街口的郵局已經荒廢許久，攤販挨著，賣糕賣蒸熟的花生、賣水果，依然熱鬧。好多人在重慶南路一段站牌等二三六、二五一公車，十幾年來都這般，倏然間，天色暗了，彷彿借來的時間容易舊了、老了，我不會讓自己顯得匆忙，會留充裕時間，把電腦裡的編務、辦公桌上的公事，一一存放到該有的位置。

掛鐘還在老位置，五點一到，陸續有同仁下班。

八點鐘到班，五點即可下班，依此類推。我常忘了上班刷卡時間，只好遲些時候下班，負責打掃的老古帶著他太太一塊工作，然後帶上兒子與媳婦，後來，孫女也來了。老古從夫妻倆打掃，變成一家子，似在說，時間不是掛在牆上的，而長成這模樣，有人老、有人長大，如此平凡尋常。

街道上，上班族漸次散去，我走到忠孝西路、重慶南路頭，墊腳石書店、三商巧福旁，去取送修的遙控器、鬧鐘、耳機或床頭音響。他的電子維修處沒有店面，只他一個人、一張桌子，挨著一根柱子，大熱天與凜凜時節，他戴一副眼鏡、持一柄小巧銲槍，為所有已經停止運作的，開啟了新的一天。

點潮汐

人體穴道，腳底眾多，且位高權重，藉此判斷一個人器官的運作，腳底事自屬大事。但是當「足浴」、「按摩」等店招，出現在重慶南路，且大模大樣，衝擊不可謂不大。以前的人上這兒，尋書、找書，現在

則多了其他功能。林立的店，說明了誰是這一條路現在的主人。

重慶南路有幾個點很迷人，騎樓下書報攤每逢過年，都會擺上新一年的年曆，印得花紅，喜氣洋洋。武昌街口，以已經停止營運的郵局為原點，隔壁的書店賣拔罐、針灸等醫藥用品，店的內容與陳設，多年依舊。賣花生、賣糕點、賣水果的聚集，有時候小攤老闆蒸蓋一掀，熱氣騰騰，每讓我想起舞台上的乾冰。

只是幾個攤、幾個人，踞街道的一角，馬上形成一種包圍，把過去的、當下的，都煨得溫暖，充滿紀念。

他們可能沒有意識到，但他們已經形成最堅強的抵禦，在這一條路上。這抵禦，也不是為了甚麼遠大的、崇高的，只是生活一角，無論銳角、鈍角，都有他們的微笑。

有人

找我

有人找我

不會再有別的可能了，一支電話響起時，不是內線，就屬外線。這樣能懂嗎？線不是一座牆，柏林東、柏林西，自由與鐵幕，海岸這邊自由堡壘、海洋那頭水深火熱，沒有截然分明的明與暗、對跟錯，真的就只是內線與外線。內與外，不是真的有個壁壘，從未劃分它，如同霹靂布袋戲的「黑白郎君」，一邊臉黑、一邊臉白。內線與外線，其實是同一條線。我與大學同學二十多年沒見，聊到彼此手邊事，我想起午後一通電話，提起接到外線電話，怕大家不懂，急忙說解，公司內部電話叫內線，外頭接進來的叫做外線。

這道理，不懂的應該不多，我與同學不懂很久沒見，行業間隔非常遠。我有時候會用洗衣機或一條河來解釋，那離心力，河水快速沖向彎轉的左岸，勢必有些水甩將出去，與原來的水瓦解分家。洗衣機脫水原理也這樣。離心離心。衣服沒被甩出去是因為被洗衣機的渦輪承接了。如果衣服在洗淨時也會分解，打開嗶嗶響、宣告衣服洗妥的蓋子，會發覺一絲一綿都不剩了。但好險，只有水離心而去。

蘋果慢慢地脫水了，椪柑的皮漸漸往內心凝聚，可惜粗糙感仍留了下來。我看見同學，腦袋想起三種水果，另一種是鴨梨或者西洋梨。我覺得一陣燥熱，心虛打量同學，同時好奇他坐下來點餐聊天時，滋味會是甘蔗還是苦瓜？

大學畢業前後，正值台灣錢淹腳目的年頭。錢，是洶湧的浪頭，當時的感覺是，如果不找到出口，整個台灣就會被錢淹沒了。台灣熱錢從八〇年代中，淹到九〇年代初，大學畢業生起薪快速從萬餘元，提升到二十二K，差不多就在浪頭之際，我跟一夥人都畢業了，同學到東莞、深圳等小漁村，在嶄新蓋起的大樓擔任經理、主任等。那句話不是說，去，一去千里，我與同學幾乎就是這樣。一去，就不容回身，有時候也不回憶。

難得的，透過各種社交軟體，同學們聚集了。都怪我太晚引進主題，當我解釋了內線、外線，發覺這個用法，適用於出版、金融以及兩岸，只有我誤以為內與外，是一個隔閡。我感到安慰。透過一個共用的字彙，發覺大家並沒有隔得老遠。千里、以及二十多年。我的談話本來掌握住十來個人，但他們不朝我這頭看，改望向大學時代即以管理、辯才知名的徐同學。我還沒說完的話，後來只能趁牛排啊、鴨胸啊上菜的時候，與對座的翁同學說。說啊說，我發現，人生有其雛形的。幼稚園長得龜，國中成了鱉，龜鱉一體是高中時，到了大學則龜鱉都不像，至於龜、鱉，能否成龍變鳳，我看著翁同學心內搖頭。

徐同學早年風華，現在風采綽綽。是一種說話、吃飯、甚至是如廁，都意識到被人盯看著的模樣。他雙手輕撐桌面，額角前傾十五度，說著他剛剛購置了民生社區的房子。該區居民水平高，經過寬闊氣派的敦化大道轉進，老樹臨屋、樓近天遠，路不寬、車不多，街道到此都玲瓏了，店小巧，門前有樹扶綠，空氣忽然慢了點、氣息忽然古了些，窩在那兒的電線桿、麻雀，像更有氣質。民生社區的房，至少是我家房價的三倍。徐同學述說房子將以歐式風格裝潢，牆壁則用朝陽般的黃色調為主題。

這年頭，很多人總以自己的價值觀、打敗別人的人生觀，才華或許真的出類拔萃，但關鍵是自信、以及過了頭的自信，臉上總顯示出我說、等於真理說、等於神說的模樣，於是獲頒勳章，到哪兒都獲得禮遇。這是天生型的貴人。我瞧瞧徐，再看看坐對面的翁，說了一半的話，難免停了。我心內慘嘆，眼前的翁啊，真的沒甚麼改變。翁跟以往一樣，他往哪兒坐，哪裡就是角落。我不自覺望向徐，翁同學卻愣愣看著我，我問他怎麼了嗎？餐不好吃？擔心餐晚了，趕不上高鐵回台中？翁同學搖頭，反問我，不是說接到了外線電話嗎？還來自大陸呢？還有人記得我的話啊，雖然只是鱉與龜，至少為我抬起頭。

我撒謊了，我說午後接到一通電話，是對、也錯。對的是午後，錯的是這事，是十年或者至少七、八年前了。我總不能跟同學說，十年前的午後接到一通外線電話？那麼遠的一通電話，有甚麼好說呢？縱然有，與他們何干呢？所以我特地把這通很久很遠的電話，移到當天下午發生了。我想，我如此大費周章，算是仁至義盡，同學不埋單，是他們損失。我與翁同學說，外線電話是大陸福建省一個前輩，拼命地要把稿件塞給我刊登。可是他的散文還在襁褓期，作文氣息強烈，一次、兩次，九回、十番，我都說無法刊登，老先生不死心，電話繼續來。不信大海喚不回、不信稿件都成灰，前輩大約以此為信念，一篇稿件刊登能掙多少錢，電話費都不夠付的。

我說完，真以為這事下午剛發生，而非多年以前，倒是納悶自己幹嘛挑這一壺說？同學不聽，能有甚麼損失？真實情形是，我近些年刊登幾位大陸作家作品，委請提供資料申報稿費時，十有六、七都婉謝了。我察覺自己提錯壺，卻還是開了這一壺時，慶幸發言權被徐同學奪了，打量著唯一的聽眾翁同學怎麼反應。翁雙手交搓，略厚的嘴喃喃地、像金魚吐泡，他說，小心啊我，現在陸客自由行火著呢，很可能他會去拜訪你。

找我幹嘛呢？都至少七、八前的事了？我按捺住沒說。誰教我讓這些電話在最近發生了，最近的一通還是下午呢。確有不少作者直接到辦公室找我。經常是總機小姐撥內線，告訴我有訪客。不是每一個訪客都提前預約。有一位訪客九點剛過就來。總機來電時，我剛坐下，開電腦、攤報紙，才要食用早餐。總機轉述說他姓黃，主編該認識的。編輯檯上，很多的「認識」只是名字。我知道黃，來過幾回信，暢言對寫作執著，有一點不懂的是，「懇請」我得讓他繼續寫下去，我回覆，發表是寫作的動力之一，但不是唯一的燃燒。

關於投稿、退稿，我經驗豐富，當年我走進中山大學財務管理學系辦，到信箱前收取報社郵件，有上報、有退稿，我執信封，拇指與食指搓揉，真相即辨。關鍵不在外邊，報社退稿時信封不註明的，而在裡頭，稿紙與報紙的輕微差異。一丁點，差異很大。一丁點，實在就是離心與向心，一個甩了、一種聚了。退了，原稿寄回，刊登了，寄來剪報。以物易物、以稿紙易報紙，易的，其實是心眼。該以甚麼敘述、哪種緊密，箍緊了精神，而不是寫出了生命意義，文章就有了水平。在文學這邊，不是剴述真理就等於神說。

黃的來意是，憂自己的稿件漏收，當場執手機，確認稿件是否寄達。我回座打開信箱，打內線給總機，轉告在櫃台附近徘徊的黃，稿件收悉。我喜歡科幻電影，《MIB星際戰警》第二集有一幕，男主角威爾•史密斯打開置物櫃，窄小櫃子布置成華麗教堂，像蟲又像鳥的外星人正祈求救世主降臨。《荷頓奇遇記》，一頭大象選擇相信，一粒微塵一種大千，大象對抗了邪惡的禿鷹、袋鼠，保住一粒微塵。塵裡世界氣象萬千，牙醫診所、堂皇宮殿、阡陌田野跟人心凶險，一一備齊。黃以及某些不速之客的來訪，常讓我想起《MIB星際戰警》或《荷頓奇遇記》，打開櫃子，我都會在。一個置物櫃、一粒微塵。我總是在。所以有人挑在週末訪我，快快地說公司大門緊閉。有人預約，要在週日下午兩點到訪。掀開掀開，我竟然不在櫃子裡。

我想起這些人撲空，嘴角不禁笑得詐，活該啊，我又不是蒼蠅黏在一張蒼蠅紙。這這，怎把自己比蒼蠅了？我又不是一棵樹，長在重慶南路？我更像一座涼亭，而且擔任亭長，有人挑柴累了，歇會，要一杯水。有人要去遠方，我帶他們到隔壁的二二八紀念公園，買咖啡，尋魚池邊椅子，坐一會、說一會。熟悉的才到公園，不熟的，樓下還有丹堤與星巴克。更熟稔的訪客來，我開公司小會議室，請來客稍待，我洗淨水杯泡茶，外出購咖啡。很熟了，而且不拘泥午餐與晚餐隨意吃，我還會與訪客一起用餐。

路過的訪客，有五分鐘離開，有待上三小時，有的很客氣，不坐、不喝水，打個招呼就走，我只好匆忙關了電腦網頁，陪訪客下樓。一到馬路，訪客感慨了，這條街變化很大，當年他接受公司邀請，成為兩岸八〇年代第一批先發訪問團時，路兩旁多是書店。訪客姓劉，福建福州某大學教授，劉忽然問，他曾在公司出版一本書，當年的裴編輯可還在？不在不在。二十多年，台灣這邊總統都換好幾個了，而且根據我觀察，編輯職務也約莫四年一任。劉頓了一會，眼神很深，離開了現場，回到另一個現場。離開離開。我嘆一口氣，他知道的，劉的離開更像到達。一個苦年頭，月薪八百，知識與出版閉鎖，而外界的外界傳來福音，要出版他的書了。沒網路，只能依賴偶爾撥通的電話跟寄達的信件，溝通文怎麼編、圖如何放？劉想著，能出版就萬幸了。書籍品質超出想像，版稅可抵好幾年薪水。

八〇年代末，台灣剛開放探親與觀光，有一支祕密隊伍，身懷鉅款，出桃園國際機場，轉機澳門或香港，飛抵福州、上海、重慶、北京等城市，幹嘛去呢？不是革命，又彷彿革命。祕密隊伍身負送款任務，送款人說教授與作家盼望他來，如盼至親、更勝至親。他送稿費，他是觀音力士、他是月下老人、他是送子娘娘，他們歡迎他，收下稿費時都喃喃念著，要用這筆稿費娶親、蓋屋、做生意；要用這筆款生子、教育、開闢人生藍圖之外的道途。才多少錢啊，人民幣幾千、幾萬。劉說，很大的一筆錢哪，他當年也是日盼夜盼的。到了二十一世紀，他老早就不盼了，可記得盼望的日子。我送劉教授到西門捷運站。我幾年後在福州座談與劉重逢。我以為與劉的交集可以從台北開抵福州，以及其他，但是，沒有。

劉教授似乎忘了我們曾在台北重慶南路共行一段路。路不遠，但去得很深，我知道，與人的際遇，得隨緣。有的短、有的長。有一段期間，一位相聲表演者在我的雜誌寫專欄。他慣常中午交稿，搭電梯、過櫃台，摸黑到我座位，搖醒午睡中的我，輕輕嘿一聲，遞給我存有當月、或者包括次月稿件的磁碟片。一度，我右側第一只抽屜，都是作者的碟片。我有時交還給他、有時候轉作他用，最後留了幾張，見證網路不發達的年代，碟片怎麼成了信件；紀念那些昏昧的午後，相聲作者怎麼默默行到我跟前。我魂噩噩，燈光不清、眼睛不明，隱約辨出來聲，再戴上眼鏡，站起來，拍拍作者的肩。有時正巧休息時間盡了，燈光打開，同事們驚訝地看見作者，藏不了驚喜，在我鼓舞下，取出了作者演出的劇本或票券，委請簽名。多數時候，作者從暗黑裡來、從暗黑裡去，伸食指，在唇間一豎，噓地一聲，我也不客氣，趴桌子，再沉沉睡去。

還有一位金門鄉親，剛任官員，找我諮詢出版概況。中午了，我請吃午餐，鄉親問，想吃牛排，哪兒有啊？我領他到西堤，聽鄉親提起他少時怎麼叛逆，高中時被特務盯上，上完體育課後，經常發現書包被徹底翻過。特務毫不遮掩他被盯上這回事。不會把水壺放到原來的右上角、原子筆跟鉛筆的筆尖雖放在布製的筆袋，卻朝向兩個方向。鄉親說原子筆寫堅定的心志、鉛筆寫塗塗改改的風向，都是筆，但屬兩種意志，自然不能朝向一個方向。我好奇，如果原子筆與鉛筆寫上同一句話，比如，都寫上人生如旅，字句的意思會因為筆的兩種意志，而有變化嗎？我心底想，但不敢問。

鄉親縫在書包夾層的禁書被搜出以後，知道自己不能久待了，高中沒畢業，急奔台北，投靠姑姑。甚麼書這麼嚴重？不過幾頁魯迅、幾張阿Q。那分肅殺，我知曉。以天為例，入夜之後，除了星星，再不允許光的密語。必須必須，禁了光的各種可能。如果購買汽車，車子前照燈上緣，需以黑膠帶遮掩，如果車子附了收音機，則需拆除了才能上路。那年代不讓你看、不允你聽，我們切牛排、配故事，所謂天寶年間、所謂民國遺事。當在時間的內部，一片惶恐、幾張棺木；到了時間之外，透過時間線往裡窺看，哀哀，我們的痛苦都是真的。

鄉親側左臉，太陽穴旁一片凹傷，特務打的、教官教訓的？都不是。是他的父親在禁書被查收當天，拿扁擔追打他。他跑，沿著村落跑。扁擔有敲中他，有的落在一旁。該打該打。鄉親說，他父親若不打，就無法鬆懈特務，他哪能潛逃出境？那天，特務尋了村幹事，即將到鄉親家，逕行告發，遠遠看著鄉親逃出來。

到訪我的朋友，有些故事長、有的很短。像是小慈，五專時代來訪我，特地報名我策劃的寫作班。小慈家境不好，自食其力謀生，我逛公司附近二手唱片，正見小慈打工。小慈插考大學，上了輔大，有一次帶了一本書來訪，說她考上台大政治研究所，我們在公園喝咖啡、閒槓，哎呀哎呀，我們一起看向小慈在唱片行打工的年代，收唱片、清潔光碟，按國語與西洋歸類，雖已過往，但歷歷如新，關於時間這一條線，沒有內、外，僅僅一條。一線一線。一舟一舟。它們的航行是單軌。但每次回憶它們，它們卻是兩條軌道。

就像徐同學暢談剛剛買了民生社區的屋子，其實也不剛剛，而在ＭＳＮ的流行年頭，現在ＭＳＮ很少人使用，臉書、微信與LINE等變成主流，但記憶不會按時間，先後別類，時間與記憶都非常自由。但是小慈，也只能走到小慈該下車的地方。不是一個站，沒有地名。很可能下回小慈會再來，覺得故事走得不夠深、不夠遠，與我一起下車，合力推動它們的時間。

訪客有來一回的。送書、送過節小禮品，有的特地一見，喔喔，你就是吳主編哪。是啊是啊。我一張漸漸變圓的臉、體型漸漸垮下、頭髮花白，當然還在寫，寫沒幾個讀者看的文章。有的訪客不只來一回：小慈，大學時代就認識暱稱「大蛙姨媽」的劉姓作者，嫁到荷蘭的中文系陳姓女孩，到北京找資料結緣夫婿、遠嫁河北的賴姓作者，嫁華人但隨夫婿住遍全球的章姓小說家，待過台灣的報社、開過咖啡廳、回到山東台兒莊祖居處的郁姓作家，滿頭蒼蒼白髮、曾與我一起爬玉山、到江蘇交流的東作家，任職大學、曾以我文章當研討與專論的林姓教授，以及我認識十多年的汪姓詩人。

認識汪很多年了。我雖近半百，畢竟也曾年輕，因為嫩、因為潛力，更可能因為傻以及理想，二十多歲被某作家協會網羅，擔任理事或監事。我甚麼事都理不了、監不了，但一年至少兩回聚餐，會見心儀的前輩，並提早進入「文壇」，看一個團體怎麼透過行政系統，動員人脈、組織活動。我很感激協會。後來我進入公司，擔任文學雜誌主編，才知曉雜誌與協會關係深刻。協會在一九五四年創刊雜誌，四年後為了託管雜誌，創辦公司。

九〇年代，正值協會活動高峰，我約在此時，認識汪詩人。他能翻譯、以善寫十四行詩知名。最早，我們是在電話中熟稔起來的。協會正值改組，汪詩人慎重思考掌協會大纛，試探自己能有多少勝算。我大驚。汪詩人長我一個世代，但就協會而言，跟我一樣都是游離分子。當外人談起協會核心，都會想到司馬前輩、張小說家、鄭教授、林翻譯家、沈教授，是的，當核心核心出現時，離心離心跟著來了，我跟汪都是被核心強制牽扯住的離心，如果洗衣機之外有另一台洗衣機、河流外邊有另一條河，很可能我跟汪兩人，都會被扯入另一種機制，但依然游離，離心離心。

核心與離心，到底多遠？其實仍在一張飯桌上吃飯、在同一份報表上簽到，只是位置不同。我不知道汪詩人在飯桌、講座還是簽到表上，警覺每一個空缺都是職權，必須越過一格一格的線，然後汪跟我說，得有職權才能謀大事。他舉說與馬英九父親頗有交情，可以擘劃文藝營、文學獎等活動。我聽得咋舌。我不知道汪的本事、人脈，都是一種潛地形，一旦需要了，手反轉，江山兀改。汪親訪以及電訪，致後來協會投票，選出新的領頭羊時，得以些微差距，擊敗最被看好的張小說家。

汪詩人與陳、王等協會人員，辦過不少活動，曾在我的母校南港高工舉辦規模幾達二百人的營隊、於東吳大學辦理教師研習營，長期藉八德路某咖啡館，辦理講座。我進入公司服務後，每年春天都收到協會寄來的公文，大意是冀望緬懷兩個單位根深蒂固的情義，給予經費協助。汪詩人曾帶領作家、詩人十餘位，出訪泰國，並遊覽清邁。汪的聲譽到達頂點。那是我頭一遭跟團旅遊，卻無所事事。沒事時，就挨在房裡，推開窗，看人來人往與曼谷。後來我推敲自己喜愛的旅遊型態，緩、慢、靜是重點，不需要搶看景觀、行程排得老密。新型態的旅遊意識，正是從曼谷那扇看風、看人的窗開始。我頭一回「知道」「華僑」。為泰國華僑講課時，我故作親切說閩南語，多數人聽不懂，「華僑」定義是中華僑胞，而非台灣僑胞。我陸續在南非、菲律賓、美國等地證明，中國境外移民的強大人數與實力。

我與汪等人，晚上一起看泰國知名的人妖秀、以及讓女作家們臉紅臊熱的性愛十八招。泰國行，特別的是汪的妻、兒同往。好幾天的活動，我對汪夫妻留下的印象是老夫少妻，以及最後一天搭機回國時，兩人不知為何事口角，汪妻上演失蹤記，一夥人裡外找，他們的兒子杵在人來人往的機場大廳，像要隨時飛去，但飛去之前，更想好好大哭一場。

汪妻及時出現，一夥兒平安回抵台灣。幾乎就以二十一世紀為轉折，協會不再每年春天寄來要求贊助的公文，我不再應邀參加活動，至於一年兩回的理監事會議跟聚餐，漸漸被遺忘了。二十世紀末，千禧蟲問題最受矚目，電腦以1跟0作為資料處理密碼，到了新世紀，怕蟲搗蛋，顛倒1跟0，錯亂了資訊性別，萬一情況緊急，很可能核子彈自動升空，爆發第三次世界大戰，個人電腦則最怕資料遺失。我不知道資訊專家做了哪些努力，在二十世紀的最後一天、與二十一世紀的第一天，我打開同一篇小說，都一樣的，沒多一個字、沒少一個字，全人類平安跨過時間紀元的界線。

協會沒跨過來。協會德高望重的丘顧問，喃喃念說，已過了協會改選的時間了，沒會議通知、沒動靜。新世紀過後幾年，我報考東吳大學在職專班研究所，在校園見過汪。我，一個游離分子，不好過問協會核心事，倒是邀請他來我策劃的寫作班講課。汪來了，談一行詩與十四行詩。那場演講，是我經辦過最神祕的演講。汪不用麥克風、關起後門，我隔著門板聽，裡頭靜悄悄，老師與學生，一起與詩沉睡了嗎？

有一陣子，櫃台幾乎認識汪詩人，撥內線給我，汪老師找、汪老師找、汪老師找。汪詩人親手給我稿子。熟門熟路，自己走進小會議室，提到想找詩人管管，一起演出詩的行動劇。汪的構想很像之後的快閃族。演出後，馬上鳥獸散。我對於表演生怯，自認無法勝任演出，但可以幫忙報導，以壯聲勢。我沒等到汪詩人登台，倒是早年與汪一起打拚的王姓朋友，電話打來，說著壞了壞了，汪詩人的身體壞了。王轉述，汪罹患癌症，拖延許久，才聽從朋友意見就診，為甚麼拖啊，身體一旦跨界演出，狀況不堪設想。一問之下，才知道汪這一生從未投保，我岳父也是，總覺得每天起床，都在二十歲那一年。

我沒跟王一起探視汪。我寧願記憶下，汪找我，自己進會議室，坐入椅子，胸寬體威，髮比白更白，但一說話，髮飄動，都是志氣。我寧願記得汪一臉福泰。他曾跟我說，幹嘛當專任教授啊，不自由，他每天跑不同學校，得天下英才而教之，這是大成就。我倒盡心與《文訊》雜誌封德屏總編輯聯合處理公文給政府單位，汪的兒子送資料到辦公室，櫃台來了內線，有一位汪先生找。前一個世紀與這世紀見，前頭他在恐慌的機場內，這回，他來自呻吟的病床前。我忍住情緒，接資料，要他珍重。我送汪詩人兒子進電梯，擺擺手，要他別擔心。

我婉拒見汪詩人最後一面。我婉拒去見黃宜君。與黃認識，也在作家協會的場子。當年黃就讀中山女高，為強調自已長大了，飲酒飲酒，豪邁豪邁。我低頭與黃說，女孩子家莫喝多，尤其不可乾杯。我與黃重逢，黃讀大學，經常因為身體不好，賦閒台北。黃找過我幾次，鄭重邀我喝咖啡。我不懂，公司樓下、對街都有咖啡，喝咖啡已成為全民呼吸，不需要約得慎重。直到黃自殺亡故，我才知道她父親是司法界高層，她的鄭重約定，出於家教。我沒去看她最後一面，選擇記下她的微笑，以及她老愛抿嘴微笑。她父親晉階更高位後，黃為雜誌而寫的父親文章，成為那時期，媒體解讀黃法官的線索。

認識汪、認識黃的朋友，會怪責我，怎不來見最後一面哪？他們到了另一個世界，我還是願意、也選擇，以原來的面貌記憶他們。雖說一線隔陰、陽，但須知，這一線隔得老遠老遠，很可能真的得我老了老了，才發覺與汪、與黃並不遠。那何不，到了適當時候，再適當地相認吧。

黃，於死後再度拜訪我了。我不忌諱，在黃的遺物中，撿了一本文學史，這些年書籍匆匆堆放，該在書房一隅。汪詩人也在過世後訪我。他的侄兒把汪的寫詩歷程，搬演成舞台劇，我偕兒子到松菸文創劇場觀看。滿座滿座。舞台上的汪，罹患癌症，躺在病床，從生命的末點回憶生命的最初、寫詩的最初。

那晚，我觀賞戲劇之後，參加朋友聚餐。朋友問好看嗎，下午的戲？我不知道怎麼回答，兒子插口說，演得很好啊，很多搞笑情節。是啊是啊。悲傷與歡喜，常常只隔一條線。到底甚麼狀況啊，這戲？我說，悲欣交集哪。這句話我常用。當需要給答案，又沒有確切的答案時，弘一大師的名言「悲欣交集」，常被我抬出來，以四個字，擋人間千言萬語。擋著擋著。這俗世說不完的話、了不了的情，就讓出世的另一個我，繼續去悟吧。

我出考題問朋友跟孩子，不會不知道吧，弘一大師的俗世名字？很有名哪，曾經以俗名作詞〈送別〉，歌是這麼唱著：長亭外，古道邊，芳草碧連天……

國家圖書館出版品預行編目資料

重慶潮汐 / 吳鈞堯著 .—
初版 . - 臺北市 : 聯合文學 , 2019.9
264 面 ;14.8×21 公分 . --（聯合文叢 ; 650）

ISBN 978-986-323-317-6（平裝）

863.55　　108014245

聯合文叢 650

重慶潮汐

作　　者／吳鈞堯
發 行 人／張寶琴

總 編 輯／周昭翡
主　　編／蕭仁豪
資深編輯／尹蓓芳
封面設計／白日設計
資深美編／戴榮芝
業務部總經理／李文吉
行銷企畫／邱懷慧
發行專員／簡聖峰
財 務 部／趙玉瑩　韋秀英
人事行政組／李懷瑩
版權管理／蕭仁豪

法律顧問／理律法律事務所
陳長文律師、蔣大中律師

出 版 者／聯合文學出版社股份有限公司
地　　址／(110)臺北市基隆路一段 178 號 10 樓
電　　話／(02)27666759 轉 5107
傳　　真／(02)27567914
郵撥帳號／ 17623526 聯合文學出版社股份有限公司
登 記 證／行政院新聞局局版臺業字第 6109 號
網　　址／http://unitas.udngroup.com.tw
E-mail:unitas@udngroup.com.tw

印 刷 廠／禾耕彩色印刷限公司
總 經 銷／聯合發行股份有限公司
地　　址／(231)新北市新店區寶橋路235巷6弄6號2樓
電　　話／(02)29178022

出版日期／ 2019 年9 月　初版
定　　價／ 330 元

國|藝|會 NCAF 本書獲財團法人國家文化藝術基金會創作補助

ISBN 978-986-323-317-6（平裝）